Histoires à couper le souffle

Alfred Hitchcock
présente

Histoires à couper le souffle

HACHETTE
Jeunesse

Série *Histoires à…* dans la Bibliothèque Verte

Histoires à ne pas fermer l'œil de la nuit
Histoires à claquer des dents
Histoires à trembler de la tête aux pieds
Histoires à se cacher sous le lit
Histoires à tourner de l'œil
Histoires à couper le souffle

Hachette Livre, 43, quai de Grenelle, 75015 Paris

La folle du logis

par J.P. McLaughlin

Alma nettoyait le sol de la cuisine, balayant le carrelage avec la serpillière de manière nonchalante, au rythme de la musique que diffusait la radio. Elle n'avait aucun rendez-vous, personne ne l'attendait, elle était libre de son temps ; aussi en profitait-elle pour faire les choses en toute tranquillité, elle qui toute sa vie avait dû se presser. Aujourd'hui retraitée en Floride, à la résidence *Funky Flamingo*, elle jouissait d'un repos bien mérité après des années passées à supporter des maris, des amis et le lot habituel de fréquentations.

Elle songeait justement à la chance qu'elle avait eue de ne pas faire d'enfants quand un gros hanneton marron doré et brillant se précipita vers elle. Retenant son souffle sous l'effet de la surprise, elle s'apprêtait à l'écraser avec la serpillière lorsque l'insecte se dressa tout à coup sur ses pattes arrière, agita celles de devant et s'écria :

« Non !

— Hein ? Quoi ? fit-elle, stupéfaite, arrêtée dans son geste.

— Ne m'écrase pas, Alma. Tu as déjà fait suffisamment de dégâts. »

Alma se pétrifia, comme si elle jouait à ce jeu d'enfant qu'on appelle « La statue », et elle jeta un regard furieux au hanneton.

« Tu as l'air bête comme ça, Alma », dit celui-ci. Pose ta serpillière et bavardons. Nous n'avons jamais eu véritablement l'occasion de parler du temps où nous étions mariés…

— … Reggie ?

— Ah ! je me demandais si tu reconnaîtrais ma voix. Oui, c'est bien moi.

— Mais… qu'est-ce que tu fabriques ici ?

— Ça faisait longtemps que j'avais envie de te parler. Je pensais que tu comprendrais peut-être le message quand j'ai brisé ce vase dans la maison de Long Island en 79. J'espérais que tu irais consulter un médium. J'ai deux ou trois choses à te dire et…

— Si Marty arrive, il va penser que je débloque complètement… voilà que je parle avec un hanneton, bon sang !

— Marty ? C'est le dernier en date ?

— Puisque tu me suis depuis tout ce temps, tu m'as forcément vue avec Marty hier soir aux courses de lévriers.

— Alma, je suis entré dans ce hanneton hier soir seulement. Si Marty est un nouvel homme dans ta vie, j'ai dû louper son arrivée.

— Voyons, Reggie, tu es mort il y a dix-huit ans. Pourquoi est-ce que tu n'es pas au paradis… ou… en bas ?

— Je n'ai pas été assez bon, ni assez mauvais. Il faut que je mérite ma place au ciel, si je puis dire.

— En devenant une sorte de cafard amélioré ?

— Non. En ayant une vraie conversation avec toi, ce que je n'ai jamais fait de mon vivant. Il faut que je me rattrape. »

Alma s'approcha de la table, prit une chaise et s'assit, appuyant le balai contre la table. Elle regardait fixement Reggie, cet insecte, ce hanneton qui prétendait être Reggie.

Reggie le hanneton avança vers elle et s'arrêta à quelques dizaines de centimètres de la serpillière.

« Alma, je t'aimais tant.

— Je sais. Tu étais d'ailleurs ridicule.

— Pour toi, l'amour était une chose ridicule. Pour moi, c'était très important. Je me sentais responsable de toi, et ça me rendait heureux.

— Oui, tellement heureux que tu es devenu un vrai fardeau. Tout ce qui t'intéressait, c'était de faire des choses avec moi, n'importe quoi. Et tu voulais un enfant. Alors que je t'avais dit que je n'en voulais pas.

— J'en voulais six, Alma. Mais j'aurais été heureux avec un.

— Eh bien, pas moi. »

Elle prit un air boudeur.

« Tu ne voulais jamais aller danser quand je te proposais de sortir, tu ne voulais jamais faire un tas d'autres choses agréables avec moi. Mais quand tu as épousé Jake, tu allais danser, et tu as même travaillé un petit peu. Pourquoi tu n'as pas fait tout ça avant ?

— Je crois que tu m'as aidée à m'orienter dans la vie, Reggie. Ça peut te paraître curieux, mais quand nous nous sommes mariés, nous étions encore si jeunes, j'avais envie de continuer à être moi-même pendant quelque temps.

— Oh, je vois ! Dans ce cas, pourquoi m'as-tu épousé ?

— Je te trouvais mignon, et tout le monde

me répétait que je devais faire quelque chose de ma vie ; de plus, j'en avais assez d'être serveuse dans cette cafétéria, et tu avais de l'argent.

— Oh ! Vois-tu, Alma, c'est le genre de choses que j'ai besoin de savoir. C'est lié à l'apprentissage de la sagesse.

— Il y a d'autres personnes qui sont dans des hannetons ?

— Peut-être. La plupart entrent dans des animaux pendant quelque temps, afin d'observer et d'apprendre. Les plus audacieux envahissent le corps d'autres personnes. Quand les personnes sont faibles, c'est plus facile de s'en emparer… Pourquoi m'as-tu tué, Alma ? C'est une des choses que je dois savoir.

— J'avais peur que tu me poses cette question. Je n'en sais rien.

— Tu n'en sais rien ! Alma, tu m'as ôté la vie. Sans même me laisser le temps de me préparer à la mort. Quand on envoie les gens à la chambre à gaz, on leur accorde au moins la possibilité de s'adresser à un prêtre, de se mettre en paix avec Dieu.

— Disons que j'ai agi sous l'impulsion du moment. D'abord, de quoi te plains-tu ? Au moins tu n'es pas… en bas.

— Ce n'est pas grâce à toi, Alma. Est-ce que cela t'aurait chagrinée ?

— Comment veux-tu que je le sache ? À vrai dire, je ne me suis jamais posé la question.

— Alma, pourquoi m'as-tu tué ?

— Hmmm… C'était le jour où tu as sali mon carrelage tout propre en rentrant de la pêche ?

— Si.

— Alors, voilà la raison.

— Tu m'as tué parce que j'ai sali ton carrelage ? Mais la façon dont tu as agi, avec ce thé empoisonné, à base de champignons vénéneux, c'est bien une preuve de préméditation ? Tu avais tout préparé, n'est-ce pas, Alma ?

— Je crois que j'ai commencé à y penser le jour où tes copains et toi vous avez fichu la pagaille dans le jardin et où j'ai dû presque tout ranger.

— Mais j'avais tout nettoyé ce jour-là ! J'avais mis toutes les canettes de bière dans la poubelle. Qu'est-ce qu'il te restait à faire ?

— Nettoyer la table de pique-nique, ratisser la pelouse. Tu n'as jamais fait attention aux détails, Reggie.

— Oh…

— Voilà pourquoi je ne voulais pas d'enfants. Tu étais pire qu'un gosse attardé.

— Oh...

— Dis-moi, Reggie, tu étais présent quand j'ai épousé Jake ?

— Oui. J'ai essayé plusieurs fois d'attirer ton attention, mais tu étais désormais trop absorbée par l'existence. Tu parlais sans cesse de ta carrière dans ce cabinet d'avocats. Et quand Jake était là, vous n'arrêtiez pas de vous faire des mamours comme si vous veniez de vous rencontrer. Je trouvais ça écœurant.

— Tu veux dire que tu as tout vu ?

— J'ai essayé de ne pas regarder, Alma. Bon sang, je ne suis pas un voyeur. Ce n'est pas mon genre. Mais parfois, je ne pouvais pas faire autrement, et ça me faisait du mal.

— Toute cette histoire est complètement dingue, Reggie. C'est déjà incroyable de penser que je parle avec un hanneton qui prétend être mon premier mari décédé depuis des années, mais savoir que tu nous as observés, Jake et moi...

— Ce n'était pas aussi sordide, Alma. Sois gentille, change de sujet. Après tout, c'était ton droit. Au fait, de quoi est mort Jake ? »

Cette question inattendue la fit tressaillir. Elle pensa qu'elle pourrait peut-être s'en souvenir, si elle le souhaitait.

« Tu ne veux pas t'en souvenir, hein ? dit Reggie.

— Non, ce n'est pas ça. Simplement, j'étais dans un état de choc…

— État de choc, mon œil ! s'exclama Reggie avec colère. Je te revois encore assise sur le lit, et te disant : "Oublie tout. Oublie ce qui s'est passé. Oublie Jake. Ce n'était qu'un cauchemar. Oublie." »

Tandis qu'il répétait ces paroles, sa voix se modifia, pour imiter le timbre plus aigu d'Alma.

Celle-ci se mit à pleurer.

« J'aimais Jake. Je ne voulais pas faire ça.

— Oui, je sais. Je t'ai vu vider le carter à huile ce soir-là, après que la voiture avait été entièrement révisée pour que Jake puisse se rendre à son importante réunion dans le Nord. Tu ne savais évidemment pas que le moteur calerait à ce moment là, et que le semi-remorque basculerait sur la voiture. Mais tu *voulais* lui causer des ennuis, n'est-ce pas ?

— Je croyais qu'il avait une liaison avec une traînée, c'est comme ça qu'il appelait les femmes, des traînées. Je voulais juste qu'il tombe en panne et se retrouve coincé en pleine nature.

— Oui, je sais tout ça, répondit Reggie d'un

ton plein de sagesse et aussi de tristesse. Mais je dois te prévenir, Alma, que ce Marty est un chic type, et si jamais tu as l'intention de lui jouer un sale tour, laisse tomber. Ordres de Là-Haut. »

Alma cessa de pleurer, elle regarda fixement Reggie.

« Tu veux dire...

— Je veux dire que tu as fait suffisamment de mal au cours de ton existence, et si tu ne changes pas de comportement, tu vas te retrouver où tu sais.

— Ça existe vraiment ?

— Évidemment. Et je ne veux pas que tu connaisses ça, même si tu t'en fiches. Ce n'est pas du feu, comme tu as pu le lire. Le feu est une métaphore. C'est la souffrance de passer à côté de toutes les bonnes choses. Ça te dévore et ça te consume, pour l'éternité.

— Je ne te crois pas. Après la mort, il n'y a rien.

— Ah ! j'aurais dû m'en douter. Les gens ne croient que ce qu'ils veulent bien croire. Très bien, Alma, je t'ai dit tout ce que j'avais à te dire. Je t'aime encore, tu sais. Si tu veux, je reviendrai demain, et nous en reparlerons ?

— Je ne sais pas, Reggie. Je n'aime pas bavarder avec toi de cette façon. »

Reggie fit demi-tour et s'éloigna.

Alma se leva, s'avança et l'écrasa sous son talon.

« Ah, tu recommences à salir mon carrelage, hein ? »

Et elle s'empara d'une feuille de papier absorbant pour effacer les traces.

Going buggy
Traduction de Jean Esch.

Assis sur un volcan

par Jimmy Saves

Quand je revins de la cave à liqueurs avec deux verres de whisky, Bertrand avait choisi le fauteuil à oreillettes face à la fenêtre d'où la vue était magnifique.

Je m'assis dans un fauteuil identique au sien, sauf qu'il était tourné vers le centre de la pièce. Je m'installai confortablement, puis portai le verre à mes lèvres.

« Il est rare que vous me rendiez visite, surtout sans vous être annoncé. »

Bertrand ne répondit pas, se contentant d'arborer un air satisfait, les yeux sur mon domaine qui s'étendait sous le ciel étoilé.

Au risque de paraître naïf, je demandai

avec, malgré tout, une certaine désinvolture :

« Comment êtes-vous entré ? Comment avez-vous évité les gardes qui sont au portail ?

— Je leur ai graissé la patte.

— Oh ? »

J'avais voulu donner une note indifférente à cette exclamation, mais n'y étais pas parvenu.

« Ils n'ont qu'un point faible, dit-il, un rien sarcastique. Leurs seuls amis sont les coupures où figure le portrait de Benjamin Franklin et moi qui les leur distribue. »

Dès que Bertrand était entré, j'avais deviné que quelque chose clochait. Mais j'ignorais encore qu'il avait l'intention de me tuer.

Bertrand est un tueur à gages. À mon service.

Son sourire en coin paraissait peut-être désarmant à quelqu'un qui le rencontrait pour la première fois et ignorait sa profession. Mais je le connaissais depuis longtemps, j'avais appris à interpréter ses expressions, notamment ce sourire ricaneur. Bertrand me rappelait alors un prédateur bavant à la vue d'une proie sans défense.

À présent, j'en étais sûr : de toute évidence, il était venu ici dans le but de me tuer. Son regard aussi le prouvait. Le même que par le passé lorsque je lui indiquais un homme à supprimer. Concentré, il essayait d'imaginer son visage. Seulement, aujourd'hui, c'était moi qu'il fixait.

Il vida son whisky en deux gorgées et posa le verre en équilibre instable sur sa cuisse. Puis il sortit de sa poche de veste un petit objet plat — une radio portative, supposai-je. Il le tourna et le retourna entre ses doigts. Son sourire en biais devenait franchement grotesque.

Bertrand pressa un minuscule bouton situé à droite de l'appareil et une lumière rouge se mit à clignoter du côté opposé. Il le fourra dans sa poche, attendit que je le questionne.

Lucide, je réfléchis à ce que j'allais dire. En tout cas, je décidai d'éviter de parler de meurtre.

Je tournai la tête vers la haute fenêtre aux vitres noires.

« C'est curieux, mes petites-filles, quand elles me rendent visite, passent des heures dans cette pièce et elles n'ont jamais réellement vu le paysage... »

Je marquai une pause. L'appareil de Bertrand devait certainement être lié au sort qu'il me réservait. Mais de quelle manière comptait-il l'utiliser contre moi ?

« Mes petites-filles se contentent de regarder la télévision alors qu'elles ont sous les yeux un panorama d'une incroyable beauté. »

Bertrand étendit les jambes devant lui en prenant soin de ne pas culbuter le verre.

J'estimais prudent de récupérer mon revolver avant de traiter avec lui.

« Un autre whisky ? » proposai-je.

Sous le prétexte d'aller nous servir à boire, je saisissais peut-être la dernière chance de m'éloigner sans qu'il m'accompagne. À mon retour, je me sentirais nettement plus à l'aise muni d'une arme.

Je m'apprêtai à me lever.

« Ne bougez pas ! »

Apparemment, il se délectait en prononçant ces mots. Je jugeai avisé de rester assis.

J'avais engagé Bertrand lorsqu'il était très jeune. En ce temps-là, je trouvais ce criminel en herbe sympathique, intelligent et astucieux, même s'il se montrait un peu trop fier de ses idées ingénieuses.

Il faisait partie intégrante de mon organisation qui avait établi sa puissance durant toutes ces années. J'étais déconcerté de pressentir une révolte imminente de sa part. Mais conserver mon sang-froid devant l'adversité avait toujours été ma plus grande qualité.

« Je vous demande pardon ? dis-je. Si je comprends bien, vous ne voulez pas que je me lève !

— C'est que je viens de déclencher, par télécommande, le mécanisme d'une petite bombe qui est dans le coussin sur lequel vous êtes assis. »

Bertrand se frotta le menton, ajouta :

« Elle explosera si vous quittez votre fauteuil et vous serez déchiqueté. (Il eut un rire étouffé.) Appelons ça... une prise de pouvoir.

— Si je me lève maintenant, objectai-je négligemment, ne serez-vous pas criblé d'éclats ?

— Non. La charge est unidirectionnelle.

— Je vois. »

Bertrand m'observa. Une flamme joyeuse s'alluma dans ses prunelles et il se mit un glaçon dans la bouche.

Je n'avais aucun moyen de l'embobeliner. Les gentillesses, les compliments, les promesses d'un avenir meilleur si nous continuions à travailler ensemble n'auraient pas la moindre prise sur lui. Bertrand ne faisait jamais de sentiment. C'était d'ailleurs pourquoi je l'avais gardé tout ce temps à mon service.

Pensif, j'avançai :

« Puisque je vais mourir, cela n'a pas d'importance que vous me disiez qui a placé cette bombe et quand... »

Bertrand cracha son glaçon comme si je l'avais giflé.

« *J'ai* placé la bombe. Qui aurait pu le faire à ma place ? »

Il semblait en tirer une véritable gloire. Mais, d'un ton plus posé, traçant d'un doigt un cercle autour de son verre, il expliqua :

« C'était une entreprise difficile, audacieuse, je peux le dire. Aucun problème pour entrer, il suffisait de soudoyer les gardes — vous ne les payez pas suffisamment, vous savez —, cependant, il a fallu aussi éviter les chiens que vous lâchez dans le parc dès la tombée de la nuit et neutraliser le signal d'alarme... »

Je demeurai de marbre. Il cligna de l'œil.

« Quoi qu'il en soit, je connais mon métier.

— Votre plan était bien conçu, admis-je. Vous avez toujours préparé remarquablement les meurtres dont je vous chargeais. Je suis certain que ma mort restera un mystère pendant longtemps, très longtemps. »

Il répéta, plein d'orgueil :

« Je connais mon métier.

— Cela ne servirait à rien de vous proposer de l'argent, je suppose ? »

Bertrand sourit d'un air supérieur.

« Même si j'acceptais... il me serait impossible de désamorcer la bombe. À partir du moment où j'ai pressé le bouton de mon transmetteur, le processus était irrémédiablement engagé. Essayez de bouger seulement le petit doigt, vous déclencherez le dispositif et ce sera la mort instantanée.

— Vous aviez prévu que je pourrais avoir une arme ?

— Précisément.

— Et que je pourrais vous menacer de vous tuer à moins que vous coupiez le circuit. »

Bertrand me répondit seulement d'un regard.

« Hélas ! je n'ai pas de revolver, dis-je. Mais il est vrai que, si j'en avais un, il ne me servirait guère. »

Un silence suivit, puis je demandai :

« Que se passerait-il dans le cas où je déciderais de rester assis pendant des jours, voire une semaine ? »

Il désigna son attaché-case.

« J'ai là un moyen pour vous obliger à bouger.

— Pourquoi une bombe ? m'enquis-je, encore incrédule. Un assassin de première catégorie, comme vous, aurait dû choisir quelque chose de plus simple : une balle entre les deux yeux, le poison, l'étranglement, à la rigueur. Pourquoi une telle machination ? »

Bertrand devait s'attendre à cette question. Tandis qu'il m'énumérait ses raisons, sa voix trahissait qu'il savourait ce plat de résistance avec appétit.

« Vous avez toujours été mon patron. Le chef. Celui qui commande les meurtres et j'en étais le fidèle exécutant. À présent, les rôles sont inversés. Une subtile différence dans l'ordre des décisions. J'ai décidé que vous seriez tué et je vous permets de choisir le moment où vous mourrez. Dites-vous que je fais ça par loyauté, en quelque sorte, par respect de votre position. Je vous abandonne la deuxième phase de l'opération afin que vous ne vous sentiez pas complètement vaincu. En toute franchise, je vous garde une certaine estime. »

Bertrand se passa la langue sur les lèvres comme s'il s'était régalé en expliquant sa méthodologie. Je croyais qu'il en avait terminé, mais tel un glouton qui se précipite sur le dessert après un festin, Bertrand continua :

« Il existe des patrons plus importants que vous, de meilleurs bénéfices à tirer d'eux que ce que vous m'offrez. Sachez que vos gardes travaillent déjà pour un autre *boss*. C'est la loi de la nature : les petits poissons sont avalés par les moyens qui sont avalés par les plus gros, et ainsi de suite… »

Il réprima un hoquet, à l'exemple d'un convive qui vient de se gaver mais respecte, cependant, les bonnes manières.

Un silence prolongé régna entre nous. J'en profitai pour m'éclaircir les idées, puis je demandai :

« Avez-vous pris l'argent ou s'éparpillera-t-il en même temps que moi ? »

Il battit des paupières, mais se tut. J'insistai :

« Vous avez bien trouvé le sac qui contenait cinquante mille dollars ? Je pense que vous ne les avez pas laissés dans le coussin ? Vous avez eu raison, remarquez… vous en aurez plus l'usage que moi.

— Je n'ai rien trouvé du tout, répliqua Bertrand d'un ton acerbe.

— Voyons, je suis tout à fait sûr d'avoir placé le sac là où je suis assis. Donc, l'argent y est encore, à moins que ce soit vous qui l'ayez… »

Il avala sa salive.

« S'il n'y est plus, dis-je, l'explication est simple. À leur dernière visite, comme chaque fois que mes petites-filles viennent me voir, elles ont enlevé les coussins avant de s'installer dans les fauteuils pour regarder la télévision. Je pense qu'elles les ont échangés en les remettant en place. C'est une erreur qui peut arriver à tout le monde. »

Bertrand paraissait subitement nerveux, cependant il s'enquit d'un ton qui ne dévoilait aucune anxiété :

« Quel jour étaient-elles ici ? »

J'éprouvai un bref frisson de triomphe. Il mordait à l'appât ! Cependant, il ne fallait pas chanter victoire trop tôt, alors que j'avais envie de pousser des cocoricos.

« Quel jour elles étaient ici ?... Oh !... c'était... hum !... je ne me souviens pas du jour exact. Ah oui ! c'était... Non, pourtant... Elles étaient là... Oh ! Pourquoi est-ce que j'ai oublié une chose aussi importante ? Elles ont dû venir... »

Bertrand se tortilla sur son siège et s'écria, haletant :

« Nom d'un chien ! Vous savez bien quand ces petites imbéciles vous ont rendu visite ? Dites-le-moi, dites-le-moi ou je... »

J'étais beaucoup plus à l'aise.

« Que ferez-vous, Bertrand ? Vous me tuerez ? Je sais que vous avez votre revolver. Un tueur intelligent porte toujours une arme sur lui, n'est-ce pas ? Mais me tuer tout de suite serait vraiment illogique et impossible. Vous ne pourriez jamais quitter votre fauteuil. Si je tombais raide mort, vous ne sauriez pas quand les petites ont échangé les coussins. Était-ce avant ou après avoir placé la bombe ? Je vous conseille de rester tranquillement assis et de me laisser réfléchir. »

Il avait les traits tirés et était très pâle. Je me sentais cruel et pourtant enchanté de ménager le suspense.

« Êtes-vous joueur, Bertrand ? Nos chances sont à égalité. C'est comme le jeu de la roulette russe. »

Il sombrait dans l'effroi.

« Vous mentez ! s'exclama-t-il d'une voix accusatrice aux accents gutturaux.

— Vous ai-je déjà menti, Bertrand ? D'ailleurs, je n'ai jamais eu aucune raison de vous mentir.

— À présent, vous en avez une.

— Non, mais je vais vous dire ce que je sais. »

J'attendis, surveillant chacun de ses gestes. Il essayait de porter le poids de son corps en avant, sans trop oser faire des mouvements un peu brusques.

« Mercredi ! Mes petites-filles étaient là mercredi. Elles sont parties le jour même.

— Ha ! hurla Bertrand. J'ai mis la bombe jeudi à trois heures du matin. »

Il était tellement soulagé que je crus bon de préciser :

« Voilà pourquoi vous n'avez pas trouvé le sac à l'intérieur du coussin.

— Ha, ha, haaaa ! rugit-il. Un verre pour fêter ça ! J'aurai pas mal de choses à fêter, ce soir. »

Il posa la main sur le bras du fauteuil pour se lever. Je me hâtai d'intervenir :

« Êtes-vous certain que vous ne serez pas blessé par l'explosion ? Si vous ne restez pas loin de moi, je veux dire... »

Il laissa retomber sa main, se cala confortablement dans son siège et me parla comme si j'étais un enfant :

« La bombe est programmée pour vous atteindre, vous seul. J'ai l'intention de profiter du spectacle, lorsque vous suerez à grosses gouttes, crèverez de faim et de soif. Et quand tout ça m'ennuiera et m'écœurera, je deviendrai peut-être méchant. »

Il toucha la fermeture de son attaché-case et poursuivit :

« Oui, je serai là au moment où la bombe explosera et je n'aurai même pas une égratignure. »

Plus il discutait, plus je prenais de l'assurance. Mon sourire sembla le mettre en colère comme si je lui volais son plaisir. Je fis encore quelques commentaires sur la vue que l'on avait de son fauteuil. Il admit que c'était l'endroit idéal pour admirer le ciel étoilé.

J'approuvai :

« C'est vrai ! Ma femme de ménage le dit aussi, mais au sujet du coucher de soleil. Parfois, après son travail, nous buvons un verre ensemble. Elle regarde donc le coucher de soleil tout en me racontant des histoires sur sa famille. »

Bertrand battit des paupières. Il paraissait fatigué et ne faisait pas le moindre effort pour feindre que ma conversation l'intéressait. Mais, immobile, il demeurait là, à m'écouter.

« Quelquefois, elle me parle simplement de la pluie et du beau temps. Elle travaille le jeudi. J'avais vraiment besoin d'elle jeudi dernier… avant-hier. Vous ne pouvez imaginer dans quel état est la maison après la visite de mes petites-filles. Un véritable désastre ! »

Bertrand redressa légèrement le dos, contrarié que je ne le supplie pas de m'épargner, qu'il n'y ait aucune note de désespoir dans ma voix.

« Avant-hier, comme nous venions de nous asseoir, elle eut l'air mécontente, donna un coup de poing dans son coussin, celui de votre fauteuil, et se plaignit qu'il était bosselé. Le mien étant trop mou, nous fîmes l'échange.

Ainsi, je suis assis sur le sac, je le sens, les billets font des bosses. Voilà ! vous savez tout. Les coussins ont été déplacés deux fois. La première par mes petites-filles, le mercredi, avant que vous tendiez votre piège, la seconde par ma femme de ménage et moi-même, le jeudi. »

Cette mise au point faite, je me levai, me dirigeai vers Bertrand et lui arrachai son verre.

« Je vais nous servir un autre whisky. Ne vous dérangez pas, mais… vous n'avez certainement pas envie d'aller ailleurs ? »

The Hot Seat

Traduction de Dominique Sidot.

À toute vapeur

par David Weinberger

« Oui, c'est une histoire amusante, commenta F. Lambeth Flame. Amusante, mais qui manque vraiment par trop d'originalité. »

Hogben Dagg grimaça, marmonna deux ou trois mots inintelligibles et drapa avec dignité son impressionnante circonférence dans les plis de sa veste écossaise.

Il en fallait plus pour rabattre sa superbe mais le voir remettre un peu à sa place n'était pas pour déplaire aux autres membres du « *Rathbone Club* », un club new-yorkais où les policiers et les détectives privés à la retraite aiment à se retrouver autour d'une bouteille de bourbon.

Flame appuya ses coudes sur le comptoir du bar — l'un de ces vieux comptoirs en chêne et en cuivre, patinés et polis par les manches de plusieurs générations de clients — et déclara sur un ton confidentiel :

« Maintenant, si vous voulez bien m'accorder votre attention, je vais vous raconter la dernière énigme qu'il m'a été donné de résoudre. Une énigme qui, à bien des égards, est vraiment singulière. »

Un silence attentif se fit dans la salle enfumée du *Rathbone*, comme chaque fois que Flame annonçait qu'il allait raconter une histoire. Des histoires qui avaient l'attrait de la nouveauté, ce qui était rarement le cas dans ce club à l'atmosphère feutrée où des flics venus des horizons les plus divers noyaient, soir après soir, leur nostalgie du bon vieux temps et ressassaient les affaires dans lesquelles ils avaient eu l'heur de se distinguer. Des flics qui regrettaient d'avoir dû céder la place à une nouvelle génération qui n'avait aucun respect pour les méthodes de ses aînés et ne rêvait que de gadgets électroniques, de bureaux bourrés d'ordinateurs et de poursuites échevelées en voiture, avion ou bateau. Certains avaient même des panneaux « Défense de fumer » dans leur salle d'attente aseptisée et, pire encore, il y en avait qui, par goût du gain, allaient jusqu'à accepter les affaires de divorce. Sordide !

F. Lambeth Flame faisait exception à la règle.

Tous les mois ou presque, il rendait une visite de politesse à ses aînés vénérés et ne manquait pas, chaque fois, de leur relater ses derniers exploits.

Avant de commencer, Flame but une gorgée de bourbon, le seul breuvage autorisé dans un tel lieu.

« J'ai appelé cette affaire : "Le mystère de la toison rousse".

— Cela me fait penser à une énigme célèbre, mais je n'arrive pas à retrouver laquelle », murmura Chuck Fury en fronçant les sourcils.

Ancien militaire reconverti sur le tard dans la police, Chuck Fury était surtout connu au club pour son ardent patriotisme et pour les récits sans cesse enjolivés de ses exploits guerriers.

« Vous pensez sans doute à une histoire de Sherlock Holmes, l'interrompit Hogben Dagg avec condescendance. Je me souviens d'avoir lu un roman de notre cher Conan Doyle dont le titre était à peu près semblable.

— Non, non, ce n'est pas ça, se défendit Chuck. C'était à Agatha Christie que je pensais. Euh... À...

— *Meurtre en Mésopotamie* ? » suggéra Sam

Barrows entre deux ronds de fumée bleuâtre.

Sam Barrows roulait ses cigarettes lui-même et avait perpétuellement un mégot informe collé à la lèvre inférieure.

« Oui, c'est cela », acquiesça Chuck en se rasseyant, satisfait.

F. Lambeth Flame haussa les sourcils, attendit que tout le monde fût redevenu silencieux et commença enfin son récit.

*

* *

« Vous savez, bien sûr, que, au cours de ma déjà longue carrière, j'ai obtenu quelques succès mineurs dans plusieurs affaires où d'autres avaient échoué. Cela m'a conféré une certaine renommée et mes supérieurs n'hésitent pas à me confier tous les cas qui, de prime abord, leur semblent insolubles. Je n'ai donc pas été surpris lorsqu'on m'a demandé de me charger de l'affaire Fulari. En effet, d'emblée, mes collègues de la Brigade criminelle, avec leur esprit de petits fonctionnaires sans imagination, avaient catégoriquement refusé de lui consacrer leur précieux temps. Peut-être parce qu'il n'y avait pas eu de meurtre. Lorsqu'il n'y a ni cadavre ni violence, ils estiment que cela ne vaut pas la peine de se déranger. Ils n'aiment pas se creuser la tête pour résoudre une énigme. Ils se veulent seulement justiciers. Ils haïssent les criminels et les pourchassent avec une détermination que j'admire, mais qui restreint singulièrement leur champ d'action. Par souci d'efficacité, ils ont renoncé à tout ce qu'il y avait de poétique et d'artistique dans ce métier.

C'est ainsi qu'un après-midi, voici quelques semaines, une malheureuse victime, répondant au nom exotique de Gambi Fulari, a été aiguillée vers mon bureau. Ses cheveux gris et clairsemés étaient en désordre, mais sans doute était-ce là leur état normal, car le hâle de son cou était parsemé de taches plus claires qui, visiblement, avaient été protégées des rayons du soleil par ses mèches folles. Une grande partie de son agitation s'était sans doute dissipée dans les préliminaires administratifs sans lesquels aucune enquête policière n'est possible dans ce pays — formulaires à remplir en trois exemplaires, déposition sous la foi du serment, etc. —, car, s'il transpirait encore abondamment, il avait surtout l'air abattu. Cet état est naturel quand on a affaire à mes collègues toujours soucieux du respect de la forme juridique. Je le fis passer devant les bancs occupés par quelques-uns des plus beaux spécimens de la faune new-yorkaise et lui avançai une chaise.

"Asseyez-vous, Docteur, lui enjoignis-je avec une courtoisie mêlée de commisération. Et, ne vous inquiétez pas, nous la retrouverons votre invention.

— Merci..."

En soupirant, il déposa la partie la plus tendre de son anatomie sur le bois dur de la chaise à dossier droit que l'administration met indifféremment à la disposition des victimes et des justiciables, puis leva vers moi un regard perplexe.

"Comment avez-vous su... ?

— Oh, très simplement ! répondis-je en souriant. D'après la façon dont vous regardez autour de vous, il est évident que vous êtes un homme à l'esprit concret et qui s'attache au détail des choses. Ceci, plus votre blouse blanche, m'a immédiatement fait comprendre que vous étiez un scientifique. Ensuite, d'après les taches de graisse sur les manchettes de votre chemise et les fines particules métalliques accrochées aux revers de votre blouse, j'ai déduit que vous travaillez présentement sur un appareillage mécanique, donc que vous êtes un inventeur. Le fait que vous n'ayez pas d'alliance m'a laissé penser que vous étiez comme moi un heureux célibataire, ce qui est confirmé par les taches de nicotine entre vos doigts, taches qui dénotent une consommation immodérée de cigares, ce qu'aucune femme, de nos jours, ne tolère pendant longtemps. Par ailleurs, votre agitation me dit que quelque chose à quoi vous tenez beaucoup a disparu. D'après les miettes de pain prisonnières des poils de votre moustache et les restes de beurre de cacahuète coincés entre vos dents — maculées également par un peu de graisse —, il est facile de deviner que vous êtes tellement passionné par ce que vous faites que vous ne quittez même pas votre atelier pour aller prendre vos repas. Bref, vous êtes un célibataire et un scientifique qui ne pense qu'à son travail et qui présentement a perdu quelque chose, ce qui l'a mis dans tous ses états. *Ergo*, un inventeur dont l'invention a été volée."

Pour un œil exercé comme le mien, tout cela était absolument évident, mais le Dr Fulari fut tellement impressionné par ma démonstration qu'il me fallut le laisser se remettre de son étonnement pendant plusieurs minutes avant de l'inciter à me raconter son histoire.

"Mon invention, le joyau qui devait couronner ma carrière et me rendre célèbre, on me l'a volée !"

Je hochai la tête patiemment.

"Douze ans de travail ! Parti... Volatilisé...

— Là, là, calmez-vous, l'apaisai-je. Nous la retrouverons. D'abord, dites-moi donc dans quelles circonstances elle a disparu."

Il avait l'air d'un homme vaincu, écrasé par la fatalité.

"Je..., bredouilla-t-il, j'étais en train d'apporter le prototype de ma machine au bureau de Harley Dree, un conseiller juridique spécialisé dans les brevets, lorsque Sir Albert m'a arrêté au beau milieu de la rue, m'a menacé avec un revolver et forcé à lui donner la mallette qui la contenait.

— Sir Albert ?

— Sir Albert Friddendon, un Anglais qui possède des puits de pétrole au Texas."

Je fronçai les sourcils, me demandant pourquoi une affaire aussi dénuée de mystère avait été aiguillée vers mon bureau.

"Vous connaissez le voleur ? Alors, si je comprends bien, Docteur Fulari, vous désirez simplement que nous allions l'arrêter, afin qu'il vous rende votre bien ?

— Non, pas du tout.

— Mais, ne m'avez-vous pas dit que ce Sir Albert...

— Justement ! m'interrompit-il en s'agitant nerveusement sur sa chaise. Ce n'était pas vraiment Sir Albert. Simplement quelqu'un qui s'était déguisé afin de lui ressembler. Il portait une perruque et sa moustache était un peu décollée. Sans compter que son nez était trop grand, même pour Sir Albert. D'ailleurs, c'était un faux nez, car le maquillage était mal fait et on voyait l'endroit où finissait le postiche et où commençait son vrai nez.

— Je vois. Pourriez-vous me dire maintenant ce qui s'est passé exactement ?

— J'étais resté debout toute la nuit afin de parfaire quelques réglages sur ma machine. Harley Dree était venu me voir hier pour une démonstration et, bien que tout ait fonctionné normalement, je pensais qu'il me fallait perfectionner encore les filtres hydro-oxygénateurs. Donc, tôt ce matin, dès que tout fut terminé, je l'ai appelé et j'ai laissé un message sur son répondeur pour lui dire que mon invention était prête et que je la lui apporterais vers midi en me rendant à la piscine du Y.M.C.A. où j'ai l'habitude d'aller me baigner tous les jours. Cela me détend.

— Quelle heure était-il quand vous avez laissé ce message ?

— Six heures environ, je pense. Ensuite, je suis allé me coucher. Quand je me suis réveillé, il était onze heures passées. Le bureau de

Harley est juste de l'autre côté du parc et comme le temps semblait vouloir s'arranger, je me suis dit qu'une petite promenade ne pourrait qu'être agréable. Une éclaircie qui, comme vous pouvez le voir, ne s'est pas confirmée."

Il jeta un coup d'œil en direction de la fenêtre. Le ciel était gris et une pluie fine battait contre les carreaux.

"Je venais d'atteindre l'autre côté du parc — je me dépêchais, bien sûr, car les premières gouttes avaient commencé à tomber quelques instants seulement après mon départ — lorsque cet individu, déguisé en Sir Albert, sortit de nulle part, m'arracha ma mallette, et se précipita vers une voiture garée en double file. Le temps que je reprenne mes esprits, il était parti. Et douze années de travail s'étaient envolées !

— Mais, Docteur, fis-je observer, il doit sûrement vous rester vos notes, vos diagrammes et, même, peut-être, un plan complet de votre appareil ?"

Il secoua la tête.

"Hélas, non ! Je n'ai rien de tout cela. Voyez-vous, je suis fondamentalement un manuel. C'est au contact des matériaux que me vient mon inspiration et je ne m'embarrasse pas de papiers ni de crayons. D'ailleurs, je n'ai jamais été très doué pour imaginer les choses en deux dimensions. C'est l'une de mes grandes faiblesses."

Il rougit timidement et poursuivit d'une voix tremblante :

"Tout ce que j'avais, c'était cette machine. Il me faudra un an, peut-être même deux, pour en fabriquer une autre semblable. Non seulement je devrai recommencer les mêmes essais et les mêmes tâtonnements, mais je ne suis pas sûr de parvenir au même résultat car le mécanisme était vraiment très compliqué. Non, celui qui m'a volé cette machine pourrait sans la moindre difficulté la faire breveter et récolter tout le bénéfice de mon travail. Ce serait une ignominie !

— Dites-moi en quoi consiste exactement cette machine."

Délibérément, j'avais utilisé le présent. Il suffit parfois d'un petit détail comme celui-ci pour rendre un peu d'espoir à qui ne sait plus à quel saint se vouer.

"Vous allez vous moquer de moi et penser qu'elle ne peut servir à rien.

— Pas du tout ! me récriai-je. Je vous assure que je garderai tout mon sérieux.

— Dans ce cas, je veux bien vous donner quelques explications. C'est une machine qui transforme le pétrole en eau, en produisant au passage un certain nombre de sous-produits inoffensifs.

— Et vous appelez cela une machine inutile ! m'étonnai-je. D'emblée, je lui vois plusieurs utilisations possibles. Chez les coiffeurs, par exemple, qui pourraient ainsi plus facilement traiter les cheveux gras. Et puis, si jamais on parvenait à fabriquer une voiture qui marche avec de l'eau, les compagnies pétrolières auraient encore de belles années devant elles. Sans parler des restaurants italiens. Chaque année, ils dépensent une fortune chez les teinturiers pour faire nettoyer leurs nappes maculées de gras et de projections diverses !

— C'était à cela que j'avais pensé d'abord, acquiesça-t-il. Mais il y a également les marées noires. Avec ma machine, de tels désastres écologiques seraient résolus en un clin d'œil.

— Une invention vraiment extraordinaire, Professeur ! m'exclamai-je avec enthousiasme. Il faut absolument que nous la retrouvions avant qu'elle ne tombe entre des mains malintentionnées."

*

* *

Notre entretien continua ainsi pendant un certain temps et je pense que je peux vous laisser en imaginer la teneur (sauf pour le fait que le Dr Fulari fut incapable de me donner le moindre détail sur la voiture de son voleur). Quand il m'eut quitté, je décidai de commencer mon enquête en allant rendre visite à Harley Dree, conseiller juridique et agent en brevets. Son cabinet était dans une tour de belle apparence, étincelante de marbre et d'aluminium, mais les locaux qu'il occupait et pour lesquels il payait sans doute un confortable loyer avaient grandement besoin d'un coup de peinture comme d'une moquette neuve. Il n'avait qu'une seule secrétaire, une charmante blonde qui, en me voyant entrer, me décocha un sourire capable de faire fondre instantanément un iceberg. Un sourire qu'elle perdit tout aussi instantanément lorsque je lui eus appris que j'étais de la police et donc pas susceptible d'apporter un peu d'argent frais à une affaire qui visiblement, se trouvait pour le moment dans une passe financière assez difficile.

"Je vais voir s'il est là", déclara-t-elle quand je lui eus exposé le but de ma visite.

Après avoir appuyé sur un bouton, elle eut un bref dialogue avec son interphone, au terme duquel elle m'indiqua d'un geste du pouce pardessus l'épaule la porte qui permettait d'accéder au Saint des Saints de cette autrefois florissante entreprise, le bureau de Harley Dree.

M. Dree, lui, m'accueillit avec beaucoup plus de chaleur.

"N'est-ce pas terrible !" s'exclama-t-il en me tendant une main moite et molle.

La coupe bon marché de son costume ne faisait rien pour dissimuler une monstrueuse bedaine accolée d'une manière bizarre à un corps par ailleurs à peu près normal.

"Je vous en prie, asseyez-vous."

L'offre était courtoise, mais je ne pus m'empêcher de grimacer en considérant le fauteuil en skaï d'une propreté douteuse dans lequel il me proposait de prendre place.

"Vous êtes ici au sujet de la catastrophe qui est arrivée à ce pauvre Gambi, je suppose ?

— Exactement, acquiesçai-je.

— Pour lui, c'est une perte affreuse. Jamais il ne pourra fabriquer une nouvelle machine comme celle-là assez rapidement.

— D'après ce que j'ai compris, vous avez vu le pétrométamorphohydrolateur ?"

Il me regarda d'un air perplexe.

"Le quoi ? Ah... Vous voulez parler de son machin-truc ! Oui. Il m'en a fait la démonstration hier après-midi à son atelier. Une machine stupéfiante. Des milliers de dents minuscules qui tournent à une vitesse incroyable, avec un système de mise sous vide et des champs électriques ou je ne sais quoi. Je ne suis pas vraiment un scientifique, vous savez.

— Vous êtes autorisé à me donner tous ces détails ? m'étonnai-je.

— Bien sûr. Pourquoi pas ? On ne peut pas breveter une idée, mais seulement une machine ou un dispositif nouveau. L'idée est assez simple, d'ailleurs. Même moi, je l'ai comprise. Gambi m'a expliqué que c'était un peu comme une digestion. Le pétrole est transformé en ses éléments premiers, du carbone, de l'oxygène et de l'hydrogène. Vous saisissez, n'est-ce pas ?"

Je hochai la tête. Le Dr Fulari bien sûr, m'avait expliqué son processus électromécanique d'une manière beaucoup plus détaillée, mais avec un juriste comme Harley Dree, il s'était contenté d'une description sommaire.

"Ce qui est stupéfiant, continua-t-il, c'est que bien que son appareil ne soit pas plus gros qu'une machine à écrire, il est capable de convertir en eau 400 barils de pétrole à l'heure. Ce serait à cause de la vitesse à laquelle tournent ses rotors magnétiques. D'après Gambi, le système qu'il a mis au point est aussi puissant qu'une centrale nucléaire et aussi complexe que la navette spatiale. En tout cas, j'ai vu que c'était bourré à craquer d'électronique. Parfois je n'en crois pas mes yeux lorsque je vois ce que ces types arrivent à faire tout seuls dans leur atelier !

— Le Dr Fulari avait un rendez-vous ici en fin de matinée, n'est-ce pas ?"

Harley Dree se passa la main sur sa bedaine, comme s'il voulait s'assurer qu'un régime éclair n'avait pas réussi à l'escamoter pendant qu'il pensait à autre chose.

"Oui, admit-il. Pour être franc avec vous, les affaires sont plutôt calmes en ce moment. Trop d'inventeurs travaillent pour des grosses sociétés qui ont leurs propres juristes. Ce matin, aux environs de huit heures, j'ai donc appelé mon répondeur pour savoir si j'avais une raison de venir avant le début de l'après-midi. Par principe, je suis tous les après-midi à mon bureau, mais le matin, je reste le plus souvent chez moi. Bref, ce matin, il y avait un message de Gambi me disant qu'il m'apporterait son chef-d'œuvre vers midi. Je devais m'entendre avec un dessinateur pour qu'il fasse tous les croquis, dessins éclatés, etc., dont j'avais besoin pour constituer un dossier de brevet. Beaucoup de gens seraient bien aises de s'emparer de cette machine, croyez-moi !

— Donc, vous êtes resté chez vous toute la matinée.

— Non. J'ai lu le journal, puis j'ai pris le chemin de mon club, le « *Lucky Ace Fitness Club* », où j'ai transpiré pendant un long moment dans le sauna. J'aime me maintenir en forme."

Je ne fis pas de commentaire, mais au fond de moi-même, je me dis que le mot « forme » n'avait sans doute pas la même signification pour lui que pour moi.

"À quelle heure êtes-vous arrivé là-bas ? questionnai-je.

— Oh, aux alentours de neuf heures ! J'y suis resté jusqu'à onze heures. Ensuite, je suis allé prendre un petit en-cas dans un snack et il devait être onze heures et demie ou midi moins le quart quand je suis arrivé ici. Gambi est arrivé complètement bouleversé par sa mésaventure à midi un quart et c'est moi qui ai dû lui dire de prévenir immédiatement la police. Les inventeurs sont vraiment de grands enfants parfois.

— Qui d'autre était au courant de cette machine ?

— Beaucoup de gens. Gambi travaille dessus depuis des années et un grand nombre de personnes savaient qu'il était sur le point de parvenir au but.

— En dehors de vous, qui d'autre aurait pu

être informé du fait que le Dr Fulari devait vous apporter sa machine aujourd'hui ?

— Aurait pu ? Euh !... hum !..."

Il se trémoussa avec embarras dans son fauteuil et celui-ci répondit en craquant lugubrement.

"Pour être honnête, il est possible que j'en aie parlé à quelques habitués du sauna. Vous savez, ajouta-t-il en me regardant d'un air coupable, la plupart d'entre eux savaient depuis des années sur quel projet travaillait Gambi. Régulièrement, l'un ou l'autre me taquinait à ce sujet. En fait, ce matin, justement..."

Il s'interrompit soudain et se gratta la tête.

"Que s'est-il passé ce matin ? insistai-je.

— Euh !... Ils m'ont taquiné à nouveau en me suggérant toutes sortes d'usages absurdes pour cette machine. Ils m'ont dit, par exemple, que le pays d'Ali Ben Sharma pourrait l'utiliser pour absorber ses excédents de pétrole afin d'irriguer le désert lors de la prochaine crise de surproduction mondiale.

— Qui est cet Ali Ben Sharma ? questionnai-je en le regardant d'un air interrogateur.

— Ali ? C'est le bras droit d'un milliardaire arabe, Abu Dali Dama ou quelque chose comme cela. On se moque souvent de lui parce que c'est un...

— Parce que c'est un étranger et un Arabe, qui plus est ? l'interrompis-je sévèrement. C'est une façon de traiter un hôte que je trouve bien méprisable. Peut-être pourriez-vous me dire qui d'autre était présent quand ces mauvaises plaisanteries ont été faites ?

— D'accord, d'accord, acquiesça-t-il avec cet air contrarié que l'on a lorsqu'on se sent accusé à juste titre. Voyons voir... Il y avait cet Anglais, Hoagie Bampf, un pur produit des faubourgs de Londres. Un soi-disant promoteur répondant au nom de Cliff Good et cet Arabe... et puis aussi un petit gros que je ne connais pas et qui est resté tout le temps dans le fond de la salle. Je ne crois pas qu'il ait même essayé de se mêler à notre conversation.

— Hoagie Bampf travaille-t-il pour Sir Albert Friddendon ?

— Oui. Comment diable le savez-vous ?

— Sir Albert devait avoir été en mesure de connaître votre rendez-vous avec le Dr Fulari, sinon le véritable voleur n'aurait même pas cherché à se faire passer pour lui. Et comme Sir Albert et Hoagie Bampf sont tous deux anglais, il n'y avait qu'une seule conclusion possible. Élémentaire, mon cher. Dites-moi, depuis combien de temps connaissez-vous le Dr Fulari ?

— Oh, douze, treize ans ! Il est venu un jour

dans mon cabinet avec un sèche-cheveux d'un nouveau genre. Un appareil qui vous séchait les cheveux en quelques secondes. Des micro-ondes ou quelque chose de ce genre. Je l'ai essayé sur moi avec succès et, après l'avoir fait dûment breveter, je l'ai confié à Cliff Good, avec l'autorisation de Gambi, bien sûr, afin qu'il se charge de la fabrication, de la promotion et de la vente. Comme l'affaire semblait prometteuse, j'ai investi une partie de mes économies dans la société que Cliff Good a formée à cet effet et je me réjouissais déjà de mes futurs bénéfices lorsque Cliff est venu me rendre l'appareil en me disant qu'il ne fonctionnait pas et ne pourrait jamais être agréé. Il avait brûlé les sourcils de son chien et aucun réglage n'était possible. Bref, j'ai perdu ma mise. Après un coup pareil, on devient très sceptique et il faut vraiment avoir le feu sacré pour continuer à exercer ce métier. Les inventeurs sont vraiment des enfants parfois."

Comme il était inutile que je le contrarie, j'abondai dans son sens et lui demandai quel genre d'établissement était le « *Lucky Ace Fitness Club* ».

"Ce n'est pas un club vraiment chic, répondit-il, mais comme il est situé en plein centre-ville, c'est très pratique pour moi. Et puis, j'aime assez l'ambiance qui y règne. Les gens qui le fréquentent viennent d'horizons très divers ; certains ont de l'argent, d'autres ne sont pas très à l'aise financièrement, — comme moi —, mais tous ou presque sont des gens qui veulent faire sérieusement de l'exercice et tiennent à rester en forme. Alors, vous avez l'intention d'aller interroger Sir Friddendon ?

— Oui. Pourquoi ?

— Pour rien. Vous n'allez pas vous ennuyer avec lui, je vous le prédis !

— Que voulez-vous dire par là ?"

Tout en me raccompagnant à la porte, il étouffa un petit rire amusé.

"Vous le verrez bien vous-même, murmura-t-il sur un ton mystérieux. Je ne voudrais pas vous gâcher la surprise."

Avant de quitter le cabinet de Harley Dree, je fis une halte dans le bureau de sa secrétaire, qui était très absorbée par la lecture d'un magazine de mode.

"À propos, questionnai-je en m'accoudant nonchalamment sur sa machine à écrire, y avait-il d'autres messages sur le répondeur ce matin, en dehors de celui du Dr Fulari ?

— Non, aucun, répondit-elle sans hésitation en levant un bref instant les yeux de son journal. Pourquoi ?

— Simple routine policière, déclarai-je en souriant. Merci de votre aimable coopération.”

Sur ces mots, je sortis, plutôt satisfait de moi. Mon enquête avançait et je commençais déjà à avoir ma petite idée sur le fond de cette histoire.

*

*   *

Le ciel s'étant éclairci, je décidai de me rendre à pied chez Sir Friddendon qui, d'après mes renseignements, habitait non loin de là dans un quartier assez résidentiel. La pluie avait nettoyé l'atmosphère, la ville exhalait un parfum d'herbe coupée et de terre fraîchement retournée. C'est donc l'esprit clair et le corps revigoré que j'arrivai à destination un quart d'heure plus tard.

En réponse à mon coup de sonnette, la porte s'entrebâilla de quelques centimètres, juste assez pour que j'aperçoive un jeune homme au visage pâle et bourgeonnant. Depuis le bout de ses bottes de cuir pointues jusqu'au foulard rouge négligemment noué autour de son cou maigre, il avait l'air de l'un de ces cow-boys de western qui ont fait la fortune d'Hollywood, mais d'après son accent je n'eus aucune peine à déduire qu'il était un pur produit de la banlieue londonienne. Au passage, je remarquai qu'il s'était coupé à la joue gauche en se rasant.

"Qu'est-ce que c'est ?" questionna-t-il d'une voix nasillarde et dénuée de toute aménité.

Je me présentai et, sans autre commentaire ou marque de politesse, il me fit entrer. Puis, après m'avoir indiqué du bout du pied la chaise sur laquelle je pouvais m'asseoir, il me laissa contempler le stupéfiant décor de la pièce dans laquelle je me trouvais. Ce qui avait été autrefois l'entrée d'une villa cossue, avec des murs tendus de riches tissus, des meubles en marqueterie et un lustre en cristal, ressemblait maintenant à la salle commune d'un ranch. Les murs étaient recouverts de planches en sapin non rabotées et de peaux brutes ; pour faire encore plus couleur locale, il y avait une selle sur un tréteau et une balle de foin fraîchement coupé embaumant la pièce d'une odeur qui m'aurait rappelé mes vacances à la ferme chez mon oncle, si j'avais eu un oncle fermier. Après un instant d'hésitation, je m'assis sur le rocking-chair et contemplai pensivement le magnifique trophée d'élan qui me faisait face. À l'une de ses cornes était accroché un Stetson et à l'autre un chapeau de paille tressée.

Je n'avais pas eu le temps d'assimiler complètement tous les détails de cet environnement, lorsque le jeune homme au visage bourgeonnant revint.

“Sa foutue Altesse Royale veut bien consentir à vous recevoir”, déclara-t-il en me conduisant dans ce qui avait été autrefois un bureau et semblait maintenant une annexe de magasin d’accessoires pour westerns.

“Je suis très heureux de faire votre connaissance, inspecteur Flame ! s’exclama chaleureusement Sir Albert en posant le lasso avec lequel il était en train de s’entraîner. J’ai suivi vos derniers exploits avec enthousiasme. Entrez, je vous en prie. Je vois que vous avez déjà fait connaissance avec mon loyal serviteur, Hoagie Bampf. C’est mon domestique, mais il est également un peu mon protégé.”

Bampf rougit de plaisir.

“Je lui dois une sacrée chandelle. Il m’a pour ainsi dire sauvé la vie. Sans lui, je serais toujours en train de crever la misère dans l’une de ces foutues banlieues où l’on tape dans un ballon pour se distraire du chômage.”

Sir Albert essaya de le congédier, mais je suggérai au contraire qu’il restât. Avec mauvaise grâce, Hoagie y consentit.

Mais, si vous me le permettez, je ne puis résister plus longtemps au désir de vous décrire Sir Albert. Certes, il m’a été donné au cours de mon existence de côtoyer bien des personnages hideux ou difformes, mais, jusque-là, jamais je n'avais rencontré un être aussi singulier. Par où commencer ? Sa taille peut-être. Un mètre quatre-vingt-dix au moins et une maigreur qui faisait penser à Don Quichotte. Mais un Don Quichotte style western avec une chemisette à carreaux, une veste en cuir sans manches et des « *chaparejos* », tout cela étincelant d'incrustations en argent et de fausses pierres multicolores. Au sommet, un immense chapeau de paille orné d'une plume rouge vif. Et, en bas, des bottes surchargées de décorations avec des éperons à molettes si menaçants que leur seule vue aurait suffi pour faire s'emballer un cheval quelque peu sensible.

Et pourtant, cela n'était rien en comparaison de ce dont la nature l'avait doté. Son visage était plutôt rond, mais, en l'occurrence, le mot « visage » n'était pas vraiment approprié. Il s'agissait plutôt d'un nez. Jamais je n'en avais vu un pareil. Il avait la forme et la consistance d'une pomme de terre de l'Idaho de bonne taille. Dessous, il y avait une moustache rousse, soigneusement taillée et brossée, et dessus une toison flamboyante que l'on pouvait, à la rigueur, qualifier de cheveux, mais qui, en fait, ressemblait beaucoup plus à un bouchon de paille. Ce que son nez et son système pileux ne couvraient pas était dissimulé par des lunettes de soleil à monture d'écaille. Des lunettes également disproportionnées, bien entendu. Machinalement, je remarquai que lui aussi s'était coupé en se rasant, car il avait orné son menton fuyant d'un morceau de sparadrap de bonne taille. Ajoutez à cela une voix aristocratique, aux intonations typiquement britanniques, mais déformées par un accent qui se voulait texan, et vous comprendrez pourquoi je pris un siège avant même qu'on ait eu la bonne idée de m'en proposer un.

"J'ai des nouvelles plutôt contrariantes à vous annoncer, déclarai-je lorsque j'eus un peu recouvré mes esprits.

— Seigneur Dieu, de quoi s'agit-il ?

— Peut-être avez-vous entendu parlé du pétrométamorphohydrolateur du Dr Fulari ?

— Oui, bien sûr, acquiesça-t-il. Il devait l'apporter à Harley Dree aujourd'hui. Serait-il arrivé quelque chose à ce pauvre Gambi ?

— Lui, il n'a rien, mais vous pourrez imaginer aisément dans quelle détresse il se trouve quand je vous aurai dit qu'on lui a volé son invention.

— Oh non, c'est affreux ! Pauvre ami… Il doit être vraiment dans tous ses états. Comment cela s'est-il donc passé ?

— Quelqu'un la lui a arrachée des mains, alors qu'il était dans la rue. L'ennui, c'est que ce quelqu'un vous ressemblait à s'y méprendre.

— Non ! Ce n'est pas vrai ! Vous ne pensez tout de même pas que j'aurais pu… N'avez-vous pas songé à un sosie, à…

— Un sosie ! répéta son protégé en ricanant. Je ne parierais pas un foutu penny sur un toquard pareil !

— Mais, monsieur l'inspecteur, vous n'allez pas me dire que vous me soupçonnez de… d'avoir…

— Non, Votre Grâce, le rassurai-je. Le Dr Fulari possède un certain sens de l'observation et il a eu le temps de remarquer que son agresseur portait une perruque et était affublé d'une fausse moustache.

— Dieu soit loué ! Vous ne pouvez savoir combien je suis soulagé. Dans les affaires que je traite, les apparences ont beaucoup d'importance. Mes investisseurs ont une confiance absolue en moi et la moindre tache sur ma réputation, même si elle ne devait être qu'éphémère, serait une véritable catastrophe."

Je souris. À cause du mot « apparences », sans doute.

"Vous n'avez aucune inquiétude à vous faire. Nous retrouverons le vrai coupable, qui sera puni, comme il se doit. Mais, si cela ne vous ennuie pas, bien sûr, vous pourriez peut-être me dire quel genre d'affaires vous traitez ?

— Cela ne m'ennuie pas du tout. J'ai traversé l'Atlantique il y a une huitaine d'années parce que j'avais toujours adoré votre Far West et savais que je ne serais jamais en paix avec moi-même tant que je n'aurais pas visité le pays des six-coups, des folles chevauchées et des serpents à sonnettes.

— Oui, et puis il y avait le fisc de Sa Majesté qui menaçait de vous prendre jusqu'à votre chemise, enchérit Hoagie. Il a même dû mettre son château ancestral à mon nom pour échapper aux argousins", ajouta-t-il sur un ton confidentiel.

"Certes, certes, concéda Sir Albert en s'esclaffant. Mais cela ne change en rien le fait que j'ai toujours été un fervent admirateur de ces merveilleux pionniers qui ont construit l'Amérique et nous ont légué un si riche folklore. J'ai commencé par m'établir au Texas où, avec les bribes qui me restaient de mon héritage, j'ai acheté un bout de terrain qui, après de coûteux forages, a bien voulu donner un peu de pétrole. Pas une fortune, bien entendu, mais assez pour me permettre de subsister et de continuer à prospecter. Entre-temps, j'ai fait la connaissance de gens qui n'étaient pas sans ressources et certains d'entre eux ont bien voulu investir dans les nouveaux puits que je projetais de creuser. Comme vous pouvez le constater, j'ai assez bien réussi et aucun de mes commanditaires ne s'est jamais plaint."

Avant de continuer, il regarda autour de lui avec une lueur d'amour dans le regard. Sa passion pour le Far West, en tout cas, n'était pas feinte.

"Bien sûr, je n'ai pas manqué de m'intéresser aux recherches du Dr Fulari, recherches dont Hoagie me tenait régulièrement informé. Vous savez sans doute qu'il va au même club que Harley Dree, l'agent en brevets qui s'occupe des intérêts de Gambi Fulari ?"

Je hochai la tête.

"Un personnage pas toujours très sympathique, cet Harley Dree... Enfin, si vous avez besoin d'autres renseignements pour votre enquête, n'hésitez pas à me poser des questions.

— Deux petites choses seulement, répondis-je. D'abord, cela vous ennuierait-il de me donner votre emploi du temps de la matinée ? Simple routine, bien entendu.

— Je n'y vois aucun inconvénient, au contraire. Levé avec le soleil, comme d'habitude, je me suis préparé un solide petit déjeuner anglais : œufs au bacon, marmelade d'orange et une tasse de thé très fort. Earl Grey. Je ne supporte que celui-là le matin. À neuf heures, je suis allé à ma leçon de lasso, tandis que Hoagie allait transpirer à son club. Après cela, je me suis rendu aux « *Écuries de la Rive Est* » où j'ai effectué mon petit galop quotidien. C'est excellent pour décrasser les bronches. À dix heures et demie, j'étais de retour ici et j'ai discuté avec Hoagie du programme de la journée. C'est à ce moment-là qu'il m'a parlé du rendez-vous que Fulari avait avec Harley Dree. Il me savait heureux d'apprendre que ses recherches avaient enfin abouti à quelque chose de concret. Ensuite, je suis descendu au sous-sol où j'ai passé deux bonnes heures entre mon enclume et mon poste à soudure. J'adore travailler le fer et je réalise une sculpture qui fera date dans l'histoire de l'art. Un cheval de rodéo cabré avec son cavalier, grandeur nature. Puis, vers une heure, je suis monté déjeuner avec Hoagie. Cela vous suffit ou voudriez-vous plus de détails ?

— Non, cela ira. Merci. Et vous, monsieur Bampf ?"

Hoagie Bampf fit la moue. Visiblement, il n'appréciait qu'à moitié les interrogatoires, même de routine.

"Debout à huit heures. Petit déjeuner, rangement de la chambre de Son Altesse, puis départ pour mon club. Retour à dix heures. Pendant le reste de la matinée, j'ai nettoyé et graissé des cuirs. Ai-je été assez clair, flic ?

— Tout à fait."

Sir Albert se leva pour me raccompagner, mais je l'arrêtai d'un geste de la main.

"Un instant, j'ai encore une question à poser. Euh... Une question un peu délicate qui s'adresse à M. Bampf."

Hoagie Bampf haussa un sourcil interrogateur.

"Oui ?

— Monsieur Bampf, savez-vous si Harley Dree porte une ceinture abdominale ?"

Pour la première fois, son visage s'éclaira vraiment et il éclata de rire.

"Et comment ! Je l'ai surpris une fois en train de la mettre. Tout le monde en a fait des gorges chaudes au club. De temps à autre, on le charrie encore à propos de cette ceinture et les garçons de bain lui font des blagues. La dernière fois qu'ils ont mis la main dessus, ils l'ont enduite de graisse, ce qui a plongé Harley dans une colère noire. Vous auriez dû le voir à ce moment-là, en train de vitupérer dans le plus simple appareil ! C'était à se rouler par terre !"

Sur cette note humoristique, je pris congé. J'avais encore deux visites à faire dans la journée et ne pouvais donc m'attarder.

*

* *

La première me conduisit chez Cliff Good, l'homme d'affaires dont Harley Dree m'avait parlé. Je le trouvai derrière sa table de travail — une planche de contre-plaqué posée sur deux tréteaux — au milieu d'une sorte de grenier qui tenait à la fois du caravansérail et de l'entrepôt, style Asie du Sud-Est. Des cartons ouverts ou fermés étaient posés un peu partout ou empilés soigneusement contre les murs ; dans un coin, il y avait un tas d'un bon mètre de hauteur de sacs en plastique transparent contenant des pièces métalliques impossibles à identifier au premier abord.

Cliff Good ne semblait pas du tout gêné par un tel désordre. Il portait une chemisette à fleurs cintrée, ouverte jusqu'au milieu de la poitrine, et révélant un système pileux quasi simiesque. Autour du cou, il avait une chaîne dorée à laquelle était suspendu un gros bouddha en bronze incrusté de fausses pierreries multicolores. Ses cheveux d'un noir de jais étaient tirés en arrière et plaqués sur sa tête à l'aide d'une épaisse couche de brillantine. Des cheveux plutôt clairsemés, dont la couleur naturelle avait été modifiée, car le cuir chevelu, au lieu d'être blanc, était d'une teinte bistre, presque noire par endroits.

Il m'accueillit avec un sourire commercial.

"Que puis-je faire pour vous, monsieur l'inspecteur ?"

Brièvement, je lui racontai ce qui m'amenait chez lui. Il sembla surpris mais ne me parut guère touché par la mésaventure arrivée à Gambi Fulari.

"De toute façon, je n'avais aucune sympathie pour ce type, déclara-t-il en haussant les épaules.

— Il y a quelques années, vous avez été en pourparlers avec lui pour la fabrication et la commercialisation de l'une de ses inventions, n'est-ce pas ?

— Oui, ne m'en parlez pas ! Je m'y suis brûlé les doigts. Au propre et au figuré. Lui et son sèche-cheveux instantané ! Je suis un impulsif et j'ai eu le tort de lui faire confiance. Je me suis engagé financièrement dans cette maudite affaire, et savez-vous tout le bénéfice que j'en ai retiré ? Un cocker sans poils ! Avez-vous déjà essayé d'acheter une moumoute pour un chien ? C'était affreux. Ce pauvre Skipper n'osait même plus sortir de peur d'être la risée de tous les autres chiens du quartier. Voilà tout ce que j'en ai retiré. Sans parler de la réputation que cette histoire m'a faite auprès des gens que j'avais amenés à investir dans cette invention mirifique ! Un dangereux plaisantin. Voilà ce qu'ils ont pensé de moi. Et vous savez ce qu'une mauvaise réputation signifie dans le métier que j'exerce ? La mort. La mort sans phrases.

— Quel métier exercez-vous, au juste ?"

Ma question, en changeant le sujet de la conversation, suffit pour apaiser immédiatement sa vindicte.

"La promotion et le développement de nouveaux produits, répondit-il avec un grand sourire. Le passage des idées du stade théorique au stade pratique, en somme. Bien sûr, quand les affaires sont un peu calmes, j'importe des produits d'outre-mer et m'arrange pour les commercialiser", ajouta-t-il en indiquant d'un geste large les montagnes de cartons entassés tout autour de lui.

Par « outre-mer », je supposai qu'il entendait principalement Hong Kong et Taiwan.

"Vous savez, poursuivit-il, il y a toujours un marché pour quelque chose d'utile ou de neuf.

Les entreprises et les supermarchés, par exemple, sont souvent à la recherche de cadeaux publicitaires. Tenez, laissez-moi vous montrer un échantillon de ce que je leur propose…"

Il pivota sur sa chaise, prit dans un carton derrière lui une pochette en cellophane, l'ouvrit d'un coup sec et en déversa le contenu sur son bureau : une paille, un ballon et un petit cylindre métallique.

"Ceci est un mini-réservoir de gaz carbonique, expliqua-t-il en joignant le geste à la parole. Vous l'utilisez pour gonfler ce ballon et…"

Non sans difficulté, il procéda à l'opération, puis saisit la paille, mais, ce faisant, il laissa échapper le ballon qui traversa la pièce en zigzaguant et émettant un sifflement lugubre.

"Aucune importance, je vais en prendre un autre.

— Ce n'est pas nécessaire, l'arrêtai-je.

— Comme vous voudrez, acquiesça-t-il. En tout cas, le principe est enfantin. Vous fixez la paille au ballon et vous le laissez se dégonfler dans un verre de lait, par exemple, ce qui le rend gazeux. Dès qu'il y a des bulles, les gosses adorent.

— Certes, mais si nous…

— Attendez, m'interrompit-il, j'ai autre chose qui devrait vous amuser."

Avant que j'aie eu le temps de protester, il ouvrit un tiroir et en tira un objet menaçant, de la taille d'un poing fermé.

"C'est un rasoir sans fil qui fonctionne pour ainsi dire tout seul. Il n'a même pas besoin de piles. Il suffit simplement d'actionner ces poignées comme ceci deux ou trois fois et ensuite vous pouvez vous raser."

L'appareil se mit à grincer bizarrement et je le considérai d'un œil soupçonneux.

"Tenez, prenez-le donc, déclara-t-il en me le tendant généreusement. À titre promotionnel...

— Vous en avez donné un également à Hoagie Bampf, n'est-ce pas ?

— Oui", acquiesça-t-il.

Cela expliquait pourquoi maître et serviteur s'étaient coupés en se rasant le même jour. Je mis l'instrument diabolique dans ma poche en attendant de pouvoir le déposer dans un réceptacle plus adéquat — une corbeille à papiers, par exemple.

"Je me demandais si vous aviez remarqué la présence de quelqu'un que vous ne connaissiez pas ce matin, déclarai-je d'une voix aussi neutre que possible.

— Attendez voir... Il y avait Hoagie, Harley, et cet Arabe, Ali Ben Sharma. Je pense que c'était tout.

— Vous n'avez pas remarqué un petit gros assis dans un coin ?

— Si, maintenant que vous me le dites, je m'en souviens.

— Pourriez-vous le décrire ?”

Cliff Good haussa les épaules.

“Je n'y ai pas vraiment prêté attention, vous savez. Et puis, avec toute cette vapeur, on n'y voit pas grand-chose quand on n'a pas ses feux antibrouillard. J'ai simplement vu qu'il était petit et gros.

— Une dernière question. J'ai remarqué sur votre porte qu'un nom avait été effacé, juste à côté du vôtre. Auriez-vous eu un associé ?

— Un associé ? Ah oui, mais cela remonte à plusieurs années. Un type qui s'appelait Herb Plentry. Good et Plentry. Une association qui au départ semblait être prometteuse. Mais très vite il m'a déçu. Il était incapable de supporter les coups durs et dans ce métier il faut savoir accepter les échecs. Il a fondé sa propre entreprise quelque part dans le sud, en Louisiane, je crois. Il m'en voulait à mort pour le contrat des sèche-cheveux et pour deux ou trois autres affaires également. Notamment une histoire de chaîne hi-fi ultrapuissante. Des milliers de watts. Une idée idiote. J'ai eu beau lui dire que personne ne voudrait d'un truc pareil, parce que même dans une cathédrale on ne pourrait pas l'utiliser au maximum de ses possibilités, il s'est obstiné. Après cela, il a été complètement « grillé » à New York et il est parti sans tambour ni trompette. D'après ce que j'ai entendu dire, il m'en voudrait toujours. Je ne comprendrai jamais les types comme lui. Vindicatif et rancunier, voilà ce qu'il était."

*

* *

Mon ultime entretien fut de loin le plus bref, car maintenant je savais quelles questions je devais poser. Je trouvai Ali Ben Sharma à son appartement, au quatrième étage d'un immeuble sans ascenseur, coincé entre un cinéma spécialisé dans les films classés X et un sex-shop dont la vitrine était à la limite du délire. Malgré cela, son modeste appartement était si bien tenu, que j'essuyai mes pieds machinalement sur le paillasson avant d'entrer.

Sharma était un homme mince et plutôt grand, avec un front qui commençait à se dégarnir, bien qu'il ne fût âgé que d'une trentaine d'années à peine. Ses yeux noirs et son teint foncé trahissaient son origine moyen-orientale, mais il parlait anglais sans la moindre trace d'accent.

“Mon Dieu, c’est affreux ! s’exclama-t-il quand je lui eus expliqué la raison de ma visite. Le pauvre homme. Il doit avoir le cœur brisé.

— Il est effectivement dans tous ses états, acquiesçai-je.

— Y a-t-il quelque chose que je puisse faire pour vous aider ?

— Simplement répondre à quelques questions. Vous allez régulièrement prendre des bains de vapeur au *“Lucky Ace Fitness Club”*, n’est-ce pas ?

— Oui. Bien sûr, vous savez déjà sans doute que c’est là-bas que j’ai appris l’existence de l’invention du Dr Fulari. J’aurais vraiment été très heureux de voir cette petite merveille fonctionner.

— J’imagine qu’elle serait particulièrement utile pour votre employeur, fis-je observer avec un sourire narquois.

— Mon employeur ? répéta-t-il avec surprise. Ah, je vois ! Vous avez écouté toutes ces sornettes que l’on raconte au club à mon sujet. Tout le monde là-bas s’est mis dans la tête que mon oncle, Abu Daba Haman, est immensément riche simplement parce qu’il est arabe. La triste vérité est qu’il n’est qu’un petit employé dans une société exportatrice de pétrole. Il m’a élevé et me soutient encore financièrement, afin que je puisse terminer mes études d'ingénieur, mais croyez-moi, cela signifie pour lui de très grands sacrifices. J'espère seulement qu'un jour je serai en mesure de lui rendre tout ce qu'il m'a donné pendant tant d'années.

— Vous êtes né dans ce pays ?

— Oui. Comment le savez-vous ?

— À cause de votre accent, répondis-je. Aucun être humain ayant l'arabe comme langue maternelle ne peut maîtriser les sons de la langue anglaise s'il n'a pas immigré dans un pays anglophone avant l'âge de trois ans.

— Ma mère est arrivée ici peu de temps avant ma naissance, expliqua-t-il. Elle est morte alors que j'avais deux ans. Mon père, lui, n'a jamais pu la rejoindre car il était en prison dans l'attente d'être exécuté. À cause d'une histoire politique. Mon oncle Abu a pris leur place après leur disparition et il s'est toujours arrangé pour que je ne manque de rien, mais jamais je n'ai pu rentrer dans mon pays. Les haines sont tenaces au Moyen-Orient et quand un père a été assassiné, on craint toujours que son fils cherche à le venger. Enfin, heureusement qu'il me restait mon oncle...

— Son fardeau doit être allégé à l'idée que

ses efforts n'ont pas été vains et que vous lui gardez tant de reconnaissance."

Ali Ben Sharma grimaça.

"J'espère seulement que sa générosité ne lui causera pas d'ennuis. Jusqu'à présent, personne là-bas n'a jamais su tout ce qu'il avait fait pour moi. Si certaines personnes venaient à l'apprendre, ce serait très grave pour lui."

Je hochai la tête avec compréhension.

"J'espère aussi que cela n'arrivera pas. Pour lui et pour vous. Cependant, si c'était le cas et que vous ayez besoin d'un visa, n'hésitez pas à faire appel à moi. J'ai des amis bien placés à l'Office de l'immigration.

— Merci, mais...

— Ah, une dernière question, l'interrompis-je. Avez-vous remarqué un type, petit et gros, assis dans le fond de la salle pendant votre bain de vapeur de ce matin ?

— C'est drôle que vous me posiez cette question. J'allais justement vous en parler. Je l'ai effectivement remarqué. Bien qu'il fût à l'écart et qu'on ne puisse pas voir grand-chose avec toute cette vapeur, je l'ai surpris plusieurs fois en train de nous écouter. Il semblait très intéressé par ce que nous disions."

Je possédais maintenant tous les renseignements dont j'avais besoin. Lorsque je suis au terme de mes investigations, mon chef aime que je réunisse tous les suspects. Il trouve que cela confère une certaine classe à mes enquêtes et me prête à cet effet son bureau, beaucoup plus vaste que le mien. Je convoquai donc pour ce soir-là, neuf heures, toutes les personnes avec lesquelles je m'étais entretenu. Presque toutes se laissèrent convaincre de venir sans peine, dès que je leur eus dit être en mesure d'éclaircir le mystère sous leurs yeux. Cliff Good fut le seul à protester, arguant qu'il avait acheté un billet pour un match de baseball. Comme je compte Reggie Jackson au nombre de mes fervents admirateurs, je promis, en compensation, de lui fournir un billet gratuit pour la prochaine finale.

À neuf heures, j'étais prêt à les recevoir. Cliff Good arriva le premier et je le fis asseoir à l'extrémité du premier rang de chaises que j'avais disposées devant le bureau. Gambi Fulari se présenta immédiatement après lui, partagé entre un fol espoir et la peur panique d'être déçu. Tout de suite, bien entendu, il se précipita vers moi et voulut savoir si son invention avait été retrouvée. Avec un sourire aimable, je lui enjoignis de patienter encore un peu et le fis également asseoir en laissant un intervalle de deux chaises entre Cliff et lui. Ensuite, ce fut le tour de Sir Albert, suivi comme une ombre par son fidèle Hoagie. Sir Albert portait le même accoutrement que lorsque je lui avais rendu visite, mais son chapeau avait maintenant une plume verte au lieu d'une plume rouge. Je plaçai Hoagie à côté de Fulari et Sir Albert entre Hoagie et Cliff. Harley Dree, quant à lui, arriva l'air visiblement énervé — ce qui, après tout, était assez naturel, vu l'argent qu'il escomptait gagner avec l'invention de Gambi. Sa secrétaire l'accompagnait et je les mis au deuxième rang, derrière Hoagie et Fulari. La présence de la jeune femme pourrait sembler superflue, mais quand j'organise une petite réunion de ce genre, j'aime que tous les protagonistes soient là.

"J'espère au moins que je ne suis pas venue pour rien, déclara-t-elle en s'asseyant et croisant les jambes, comme si elle s'apprêtait à prendre une lettre en sténo. Je vais être en retard pour ma répétition."

Elle faisait partie d'une petite troupe de théâtre qui jouait tous les soirs une version américanisée de *Mère Courage* et elle tenait le rôle principal. Je la rassurai en lui affirmant que je la libérerais très rapidement.

Une promesse que j'aurais eu bien du mal à tenir, si Ali Ben Sharma avait tardé encore longtemps. Nous étions tous assis depuis plus d'un quart d'heure, bavardant ou restant silencieux au gré de notre humeur, mais tous plus gênés les uns que les autres, lorsqu'il consentit enfin à faire son apparition le visage renfrogné et l'air agressif.

"Ce n'est pas trop tôt ! s'exclama Cliff Good. Votre chameau aurait-il crevé un pneu ?"

Sharma lui jeta un regard qui aurait suffi à incendier un puits de pétrole.

"J'avais des cours à étudier," répliqua-t-il sèchement en s'asseyant à côté de la secrétaire de Harley Dree.

"Bonsoir, déclarai-je d'une voix apaisante en me levant. Maintenant que vous êtes tous là, je vais pouvoir commencer. Nous sommes réunis ici ce soir parce que nous sommes tous plus ou moins concernés par le vol du pétrométamorphohydrolateur.

— Du quoi ? questionna Hoagie Bampf en ouvrant des yeux ronds.

— Le truc qui transforme le pétrole en eau, expliqua Harley avec impatience. Continuez, Flame. Ce suspense est horripilant.

— Je sais, acquiesçai-je en souriant. Mais, avant de démasquer le voleur qui, à propos, se trouve dans cette pièce, il me faut poser une question ou deux. Docteur Fulari ?"

L'inventeur bondit presque de sa chaise.

"Oui ?

— Réfléchissez bien avant de répondre. Votre agresseur portait-il un chapeau ?

— Non. J'en suis absolument sûr.

— C'est bien ce que je pensais. Monsieur Good..."

Toutes les têtes se tournèrent vers Cliff Good, qui, l'air visiblement mal à l'aise, se mit à se trémousser sur sa chaise, tripotant sa chaîne et son pendentif. Hoagie Bampf eut un méchant sourire.

"Monsieur Good, poursuivis-je, pourriez-vous nous décrire Herb Plentry, votre ex-associé ?

— Herb ? répéta-t-il d'un air surpris. C'était un type qui n'avait rien de particulier. Taille moyenne, ni gros ni maigre... Ah, si ! je me souviens qu'il avait une façon de grincer des dents quand il parlait, absolument exaspérante. Plusieurs fois, j'ai dû me retenir pour ne pas le flanquer par la fenêtre."

Je hochai la tête.

"Merci, cela suffira, monsieur Good. À vrai dire, je dois vous avouer savoir presque depuis le début qui est le coupable..."

Tous les regards convergèrent vers moi et je ne pus m'empêcher de sourire.

"Cependant, poursuivis-je, nous avons

l'habitude dans la police de ne laisser aucune éventualité de côté et de tout vérifier avant de procéder à une arrestation. Méthode qui nous a permis d'éviter bien des erreurs judiciaires. Bon, pour revenir à notre affaire, je suppose que vous avez tous envisagé maintes possibilités, mais il y en a une qui, sans me vanter, a probablement échappé à votre vigilance. Vous avez présumé que l'individu qui s'était déguisé en Sir Albert pour accomplir son forfait avait ensuite repris son apparence normale. Mais, supposez un instant que cela n'ait pas été le cas..."

Le Dr Fulari, avec son esprit vif et imaginatif, fut le premier à comprendre où je voulais en venir.

"Vous n'êtes pas Sir Albert !" s'exclama-t-il en bousculant Hoagie Bampf et se précipitant sur Lord Friddendon avec la détermination d'un rapace qui plonge en piqué sur une proie.

Hoagie Bampf eut tout juste le temps de proférer l'un de ses jurons favoris, avant que l'inventeur n'agrippe les moustaches de son maître et les arrache d'un coup sec.

"Ah, ah, je vous ai démasqué, forban ! s'écria le Dr Fulari en jubilant. Au nez, maintenant !"

Sir Albert essaya de se lever, mais Fulari était

pratiquement à genoux sur lui et malgré tous ses efforts, il ne réussit pas à soustraire son appendice nasal aux doigts de l'inventeur. Et sans doute ledit appendice aurait-il fini par céder, si le noble Lord n'avait poussé un tel hurlement de douleur que le Dr Fulari en resta comme paralysé et lâcha prise.

"Eh, c'est mon nez !" protesta Sir Albert en frottant l'excroissance oblongue qui lui servait à respirer et sur laquelle était maintenant imprimée la marque des doigts de l'inventeur. "Vous allez me l'arracher, si vous continuez ainsi !" »

Et, effectivement, ce n'était pas un postiche.

*

* *

À ce point de sa narration, F. Lambeth Flame s'interrompit et considéra son auditoire avec satisfaction, tout en rallumant lentement sa pipe qui s'était éteinte depuis un bon moment déjà.

« Vous savez maintenant tout ce que je savais, déclara-t-il après avoir exhalé une longue bouffée de fumée noirâtre. À ma place, qui auriez-vous arrêté ? »

Personne n'ouvrit la bouche, hormis Sam

Barrows pour boire distraitement une gorgée de bourbon.

« Peut-être devrais-je préciser, ajouta Flame, que Sir Albert donna une explication tout à fait plausible pour sa fausse moustache. Le matin, en essayant de se raser avec le rasoir manuel de Good, la lame avait glissé et, non seulement il s'était coupé, mais en plus il avait fait un grand trou dans sa moustache. Les dégâts étant irréparables, il avait tout rasé et acheté un postiche pour dissimuler le désastre en attendant la repousse de ses propres poils. Cette fausse moustache n'était donc en rien un indice. Allons, messieurs, faites un petit effort ! Que diable, vos bonnes vieilles petites cellules grises ont déjà résolu des énigmes bien plus difficiles ! »

Chuck Fury fut le premier à rompre le silence.

« Pour moi, c'est cet étudiant arabe, cet Ali Sharma. Il a fait cela pour rembourser son oncle de la dette qu'il a contractée à son égard. Un oncle qui, je vous le rappelle, travaille pour une compagnie pétrolière. Avec une telle machine, les pays de l'OPEP n'auraient aucune peine à mettre à genoux du jour au lendemain l'Amérique et le monde occidental. Par ailleurs, la C.I.A...

— Non, non, ce n'est pas du tout cela !

l'interrompit Hogben Dagg en contenant avec peine son agacement. D'abord, je ne vois pas comment un individu aussi typiquement méditerranéen aurait pu se métamorphoser en lord anglais ! Surtout un lord anglais comme ce Sir Albert Friddendon.

— Plus facilement qu'on pourrait le croire, insista Chuck. Avec un peu de maquillage, une perruque et...

— Non, votre hypothèse ne tient pas, l'interrompit cette fois-ci Joe Munroe, un ancien commissaire. Dans une affaire comme celle-ci, il faut procéder avec ordre, méthodiquement. C'est à force de travail et de patience que l'on arrive à quelque chose, vous le savez aussi bien que moi. Il faut s'en tenir aux faits et laisser de côté les élucubrations. Pour moi, Flame s'est intéressé d'emblée à l'ancien associé de Cliff Good, Herb Plentry. Ce serait un coupable parfait. Un type qui en voulait à Cliff Good, mais, ne l'oublions pas, à Gambi Fulari également, l'inventeur de ce fameux sèche-cheveux qui avait été la cause de l'un de ses plus cuisants échecs — au propre et au figuré. Or donc, depuis la Louisiane, notre homme suit les travaux de Gambi et lorsque celui-ci approche du but, il vient incognito à New York, se dissimule sous les traits de Sir Albert et attend patiemment le moment propice pour dérober la petite merveille du Dr Fulari.

— Intéressant, mais trop simple et faux, de surcroît, déclara Stu Larchmont, un Californien qui ne s'était jamais vraiment habitué au rythme trépidant de la Côte Est. Dès le départ, j'ai deviné qu'il y avait une multitude d'imbrications. Pour moi, cette histoire ressemble un peu à ces poupées russes qui s'emboîtent les unes dans les autres. Vous verrez, le partenaire de Good, Herb Plentry, va se révéler être en fait l'oncle d'Ali Ben Sharma, un type qui parle vraiment trop bien anglais pour être un véritable Arabe. Ou peut-être même pourrait-il être son père ? Oui, c'est cela. En arrivant ici, sa mère n'était pas du tout enceinte et elle a eu une aventure avec un jeune juriste, Herb Plentry, mais elle a laissé croire à sa famille et à son mari en prison que… »

Sam Barrows souffla un nuage de fumée en direction du Californien, ce qui eut pour effet de le faire tousser et de l'arrêter dans sa tirade.

« Un romantique, un incurable romantique, voilà ce que vous êtes, commenta-t-il avec mépris. Si vous aviez passé moins de temps à lire des mauvais romans de gare dans les hôtels de troisième classe de Californie au lieu de faire votre métier de policier, vous éviteriez de vous rendre ridicule avec de pareilles sornettes. »

À mesure qu'il parlait, le visage de Stu Larchmont s'était empourpré et brusquement il bondit, les poings en avant.

« Et vous, vous n'êtes qu'un type obtus et sans imagination. Je vais vous montrer comment un Californien... »

Flame s'interposa fermement entre les deux vieux amis et suggéra à Barrows de donner sa propre version des faits.

« Pour moi, affirma-t-il avec conviction, quand il y a une affaire embrouillée comme celle-ci, il faut chercher la femme. En l'occurrence, la secrétaire de Harley Dree. Avec beaucoup d'habileté, vous lui avez fait avouer qu'elle avait écouté les messages qui étaient sur le répondeur de son patron et qu'elle était donc au courant de l'heure à laquelle Gambi Fulari sortirait de chez lui avec son invention. J'ai aimé ce passage de votre enquête. C'est cela, la classe. Obtenir un renseignement sans que celui qui vous le donne se rende compte qu'il est interrogé. Ensuite, nous savons que cet Harley Dree portait couramment une ceinture abdominale et, avec des talons un peu hauts, il pouvait sans doute très bien se déguiser en Sir Albert. Si vous ajoutez à cela qu'un homme d'âge mûr est capable de faire n'importe quelle bêtise pour les jolies jambes d'une…

— Personne n'a dit qu'elle avait de jolies jambes », fit observer Joe Munroe.

Sam Barrows balaya l'objection d'un geste de la main.

« Les jeunes secrétaires ont toujours de jolies jambes ! affirma-t-il péremptoirement. Et, de toute façon, cela ne change rien à ma démonstration. »

Depuis un moment, Hogben Dagg avait les yeux fermés et était étrangement silencieux, comme plongé dans un abîme de réflexion. Brusquement, il sursauta sur sa chaise, qui grinça lugubrement, et leva une main autoritaire pour exiger le silence.

« Si vous voulez bien m'accorder un instant la parole, je vais résoudre cette énigme en deux temps, trois mouvements. »

Subjugué, le reste de l'auditoire se tut et tous les yeux se tournèrent vers lui.

« Le coupable, à l'évidence, est le Dr Fulari, déclara-t-il avec emphase en levant avec peine son imposante masse. Cette histoire de Sir Albert qui n'est pas Sir Albert est cousue de fil blanc. C'est lui qui a tout inventé et il n'y a jamais eu ni voleur, ni merveilleuse machine.

— Pour quel mobile aurait-il fait cela ? s'enquit Sam Barrows ironiquement.

— Ah, c'est vrai, je n'avais pas envisagé le mobile ! concéda Hogben Dagg en se grattant la tête. Alors, ce ne peut être que Harley Dree. Étant le seul à avoir vu la machine fonctionner, il a décidé de la faire breveter à son propre nom. »

L'auditoire se retourna vers Flame qui secouait la tête et souriait, l'air visiblement amusé.

« Pas mal, messieurs, pas mal, commenta-t-il. Vous vous êtes bien creusé la tête, mais aucun d'entre vous ne s'est vraiment approché du but.

— Alors qui est-ce ? protestèrent deux ou trois voix. Allez-vous nous obliger à patienter toute la nuit ?

— Quelques instants de plus seulement. Il me faut d'abord vous dire quel détail a déclenché le déclic en moi. Vous vous souvenez, n'est-ce pas, qu'il pleuvait le jour où le vol a été commis ? Or, notre agresseur ne portait pas de chapeau. Qu'est-ce qui pouvait expliquer un tel oubli, Sir Albert étant connu pour l'originalité de ses chapeaux ? Pour le reste, son déguisement était presque parfait.

— Je sais ! s'exclama Hogben Dagg. C'était Hoagie Bampf !

— Du calme, du calme, l'apaisa Flame. Vous allez bientôt connaître la vérité. Notre coupable ne pouvait pas ignorer que Sir Albert ne sortait jamais sans son chapeau. Aurait-il eu quelque difficulté à trouver un grand chapeau de cow-boy ? C'était assez invraisemblable. Surtout dans une ville comme New York. N'était-ce alors qu'un simple oubli ? Sûrement pas, puisque, comme je vous l'ai déjà dit, il avait fait preuve pour le reste d'une minutie exemplaire. Donc, il n'y avait qu'une seule solution. Cet oubli n'en était pas un.

« Je me demandai alors immédiatement quelle raison l'avait incité à ne pas porter de chapeau alors qu'il pleuvait. Pour qu'il ne soit pas abîmé ? Non, car, de toute façon, il avait l'intention de s'en débarrasser dès que son forfait aurait été commis. En outre, ce genre de chapeaux résiste généralement bien à la pluie. À nouveau, il n'y avait qu'une réponse possible : l'agresseur ne portait pas de chapeau, parce qu'il voulait que ses cheveux soient bien visibles.

« Maintenant, pourquoi voulait-il qu'on remarque bien ses cheveux ? Une fois encore c'était aussi évident que le nez au milieu de la figure de Sir Albert Friddendon : tout simplement parce qu'il voulait que le Dr Fulari se rende compte qu'il portait une perruque ! »

Joe Munroe regarda Flame d'un air perplexe.

« Je ne vois vraiment pas où vous voulez en venir, inspecteur...

— À ceci, Joe. L'homme qui voulait se faire passer pour Sir Albert Friddendon était... Sir Albert Friddendon ! »

Des cris de stupéfaction et des bruits divers parcoururent l'auditoire. Hogben Dagg fut le premier à reprendre ses esprits.

« Vous voulez dire que l'agresseur était Sir Albert lui-même ?

— Exactement. Il avait rasé sa moustache et en avait collé une fausse à la place, mais de telle façon que l'on voyait qu'elle était fausse. Pour son nez, il avait simplement rajouté un peu de mastic, afin que le Dr Fulari le voie et présume que tout le reste de son appendice nasal était également un postiche. Et, pour la même raison, il avait recouvert ses cheveux avec une perruque bon marché de la même couleur, en se gardant de mettre un chapeau. Tout ceci pour s'emparer de l'invention tant convoitée, payer ses dettes et, probablement, louer les services d'un domestique mieux stylé. Avec ce déguisement maladroit, il espérait être le dernier qu'on soupçonnerait et, sans me vanter, si je n'avais pas été là pour le démasquer, il aurait sans doute réussi son coup.

— Remarquable, affirma Hogben dans l'un de ses rares moments d'humilité impartiale.

— Une affaire rondement menée, apprécia Joe Munroe.

— Du beau boulot », commenta laconiquement Sam Barrows.

« Ce que je voudrais savoir, déclara Stu Larchmont, lorsque les applaudissements se furent un peu calmés, c'est qui était le type petit et gros dont Harley Dree, Hoagie et Ali Sharma ont mentionné la présence ? »

Flame haussa un sourcil amusé.

« Je n'en ai pas la moindre idée, avoua-t-il. Mais, après tout, ce n'est pas parce qu'on est petit et gros qu'on n'a pas le droit d'aller prendre un bain de vapeur. »

Flames Redheaded Emposter

Traduction de L. de Pierrefeu.

Un gibier précieux

par DONALD HONIG

Je me suis retiré des affaires, de ces affaires très lucratives qui consistent à rafler des particuliers et à les mener sans douceur dans un petit réduit écarté, puis à décider combien ils valent, pour employer un mot un peu cru, à fixer leur rançon ou, selon mon expression personnelle, à « fixer le montant de la somme à rembourser ». Et maintenant je me sens moins gêné pour raconter une de mes aventures. J'estime que si on a une once d'audace, on peut être sûr de récolter des tonnes de succès, et je trouve que, dans ce cas-là, on a le devoir de raconter ses aventures pour l'éducation des générations à venir. Car celles-ci, par suite de la stagnation croissante de notre pitoyable société, devront chercher leur inspiration dans le passé plutôt que chez les snobs et les gommeux qui les composeront en grande partie.

Je vais donc raconter cette bizarre petite histoire parce que je crois que sa morale en vaut la peine et parce que j'aimerais donner les raisons pour lesquelles je me suis retiré d'une profession dont j'étais un des maîtres incontestés.

Nous étions dans Park Avenue, un soir, Jack, Buck et moi-même, en quête de quelque mauvais coup. Il y avait longtemps que nous n'avions pas commis de rapt et une nervosité générale commençait à gagner peu à peu notre club.

« Regarde ce type », dit Jack en pointant son doigt.

Nous regardâmes. De l'autre côté de la rue déambulait un gentleman à la mise parfaite et à l'air extrêmement distingué. Il s'avançait avec un air important, comme un prince du sang, heurtant le trottoir du bout de sa canne qu'il maniait avec une élégante dextérité. Le magnifique chapeau melon qui trônait sur sa tête semblait avoir été posé là par l'archevêque de Canterbury lui-même. Un gentleman chauve, la soixantaine, l'air distingué et heureux, l'allure d'un diplomate qui vient de contribuer à découper en morceaux trois petites républiques.

« Un vrai nabab, dit Jack.

— Doit valoir cinquante sacs comme un penny, ajoutai-je.

— On est à sec, Bush », dit la voix avinée de Buck.

Avant même que je lui en aie donné l'ordre, Jack opérait déjà son mouvement tournant. C'était une des choses que j'aimais dans notre petite organisation, une des raisons principales de notre enviable succès : nous devinions jusqu'à nos moindres pensées. Nos intelligences fonctionnaient en parfait accord. Du vrai travail d'équipe. Sans ces qualités on ne peut remporter de succès ni dans les guerres, ni en politique, ni au théâtre, ni en acrobatie. Aux cartes non plus d'ailleurs.

« La prochaine rue, ça devrait aller, dit Jack. C'est là qu'on va se le faire.

— Prêt, Buck ? » demandai-je.

Il était toujours prêt. C'était l'homme musclé de l'équipe. Un bonhomme taillé pour balancer un citoyen qui se débat sur le siège arrière d'une voiture aussi facilement qu'un chauffeur de chaudière expédie une énorme pelletée de charbon dans son foyer.

Nous avançâmes lentement, et dépassâmes le nabab pour l'examiner à loisir et nous assurer que ce n'était pas un acteur en promenade. Mais mon œil exercé reconnut cet air serein de rapace que l'on ne voit qu'aux riches. À la façon dont il martelait le trottoir de son pas assuré, ponctué d'un léger coup de canne, à son ventre rond et ferme comme un melon de juillet, on pouvait certifier que c'était un type de la haute.

« Wall Street, lançai-je.

— Industrie », dit Jack.

Nous le dépassâmes et allâmes nous garer au coin de la rue. C'est le meilleur endroit pour stationner. Cela donne une mobilité terrifiante. On peut filer tout droit ou virer tout de suite, selon la tournure que prennent les événements. Nous entrouvrîmes en douce les portières et Jack laissa ronronner le moteur.

Nous entendions l'homme approcher. Ne jamais regarder derrière soi. Rester immobile comme à se demander si on a le droit de stationner là. Nous entendions sa canne. Clic, clic, clic. Puis je le vis entrer, ombre informe, dans l'extrême champ de mon regard. C'est alors que nous ouvrîmes les portes. Chronométrage parfait. Voilà de quoi je parlais tout à l'heure. Buck et moi sortîmes, le nabab était entre nous deux. Je fis un pas vers lui et pris les bords de son chapeau puis tirai vers le bas aussi brutalement que je pus. Tactique. Faites cela à un homme, il ne criera pas, pas tout de suite en tout cas, et c'est ce qu'il vous faut : cette fraction de seconde qui vous laisse toute liberté de manœuvre. Le visage du nabab devint rouge de fureur quand le chapeau s'enfonça et lui décolla les oreilles. Buck l'empoigna par-derrière, sous les bras, le souleva du trottoir ; moi je le pris par les chevilles et nous le balançâmes en plein milieu du siège arrière. C'était parfait, classique, parce que le type n'eut pas le temps de jeter un coup d'œil, de bredouiller, de hoqueter ou de crier avant de rouler sur le plancher. À ce moment-là il dit : « Quoi ?... » et Buck lui lança : « La ferme. »

La voiture roulait déjà. Jack tourna à droite, nous entrâmes dans Madison et nous continuâmes à rouler en pleine ville, nous baladant innocemment comme des bourgeois.

« Restez calme, dis-je.

— C'est une honte, dit le nabab.

— À votre point de vue, oui, répondis-je. Mais à notre point de vue à nous c'est une affaire. Vous donnez l'impression d'un homme bien introduit dans le monde de la finance, familiarisé avec les questions d'offre et de demande, de stock, de négociation et de liquidation. Vous devriez donc comprendre ce qui se passe.

— Vous m'enlevez, vous allez me séquestrer pour toucher une rançon, dit-il.

— Nous spéculons sur vous et puis nous vous lancerons sur le marché, expliquai-je. À vous d'évaluer votre situation sociale.

— Jamais je n'accepterai cela », dit-il.

Ils disent tous ça. C'est comme un réflexe, comme s'ils disaient : je suis innocent. Nous les laissons épuiser leur stock de phrases : « Que signifie ceci ? » et « Que pensez-vous donc faire ? » et une ou deux autres encore, juste assez pour leur montrer que nous ne sommes pas des barbares et que nous admettons la liberté de pensée — celle de parole même — pour les gens que nous faisons disparaître. Puis nous mettons un doigt sur nos lèvres et ils se taisent. »

Impuissant à en faire dévier le cours, le nabab se résigna bientôt à son malheureux sort et resta étendu, le chapeau sur la poitrine, la canne à côté de lui, et le visage empreint d'une colère contenue qui peu à peu fit place à une sorte de soumission.

Il dit seulement :

« Où me conduisez-vous ?

— À la campagne, répondis-je, d'un ton qui inspirait confiance. Vous pouvez être assuré que nous traitons tous nos clients avec une extrême déférence, en rapport avec leur position sociale. Mes hommes ont des ordres précis dans ce sens. »

C'était une délicieuse nuit d'automne, et la promenade était très agréable. Nous prîmes l'autoroute puis le pont de Washington, qui domine les eaux noires de l'Hudson. Nous étions détendus, contents, confiants dans le succès de notre nouvelle entreprise.

Nous avions de nouveau du travail et il faut être resté au chômage quelque temps pour savoir à quel point c'est bon de se remettre au boulot.

Nous nous cachions alors dans un cottage flambant neuf. Je l'avais loué quelques mois auparavant. Il nous attendait, le buffet plein de vivres et les lits faits. Je me suis toujours arrangé pour avoir un domicile prêt à nous recevoir. Celui-ci était situé sur une route secondaire, tout à fait isolé. Il convenait parfaitement à nos desseins.

Peu après, nous entrions dans la petite avenue. Jack coupa le moteur et les pinceaux des phares s'évanouirent dans l'obscurité. L'air vif de la nuit vibrait des stridulations des criquets.

« Vous pouvez vous lever à présent », dis-je à notre passager encore couché sur le dos.

Il poussa un grognement bourru et s'assit. Je l'aidai à se mettre sur pied et le fis entrer dans le cottage. Là nous nous efforçâmes de l'installer confortablement.

« Pour moi, lui dis-je, vous êtes mon hôte... (et en fin de compte un hôte qui paiera bien, aurais-je pu ajouter) et nous vous obéirons au doigt et à l'œil. Toute demande raisonnable, depuis le broc d'eau chaude jusqu'au journal du matin, sera satisfaite avec empressement. Mais permettez-moi aussi de vous dire que si vous êtes traité avec le respect et la considération qui vous sont dus, par contre si vous tentez de fuir, de creuser un tunnel, de siffler, de hurler, de lancer une fusée, de nous faire la morale ou de nous causer un ennui quelconque, les représailles ne se feront pas attendre. »

Il nous lança un regard froid. Tout à fait le type de l'homme bien nourri, pensai-je. Le teint rose du buveur de whisky, les yeux remplis d'eau, le double menton. L'attitude pleine de dignité du gentleman. Bien équilibré. Pas du tout troublé, et je lui en savais gré. Les nerveux et les hystériques sont les pires. (Les gens super-hystériques, nous les remettons d'ordinaire en liberté.)

« Ça va, dit-il d'une voix calme et bien timbrée. Qui est votre cuisinier ?

— Jack, répondis-je. Il prépare à merveille les œufs brouillés. D'une habileté de magicien pour désosser les côtelettes de mouton. Son café vous sourit et vous souhaite le bonjour tous les matins.

— Je suis très difficile pour mes œufs, dit-il. Pour tous mes repas, d'ailleurs. J'ai un estomac très délicat et je suis sûr que cette aventure ne va pas l'améliorer. Au déjeuner j'exige des œufs pochés et deux toasts beurrés. Et du café fort. J'ai l'habitude de me faire servir un steak à une heure et à six heures très exactement. Je vous donnerai plus tard mes ordres à propos des légumes.

— Oui, monsieur, répondis-je. Nous nous rappellerons tout cela. J'enverrai Jack en ville demain matin à la première heure pour avoir les morceaux de premier choix.

— Et du caviar, ajouta-t-il.

— Du caviar ? D'accord.

— Et j'aime prendre un doigt de brandy avant de me coucher. Du brandy de derrière les fagots, rappelez-vous bien.

— Nous en ferons une bonne provision », dis-je.

Ensuite nous lui montrâmes sa chambre. Il tâta le matelas du bout de sa canne.

« D'habitude, je me lève à sept heures, dit-il. Mais dans les circonstances présentes, je resterai au lit jusqu'à dix heures.

— Parfait, dis-je. C'est la preuve que vous gardez votre sang-froid. Maintenant, voyons un peu les affaires importantes. Permettez-moi de vous dire que votre enlèvement était tout à fait improvisé, de sorte qu'en fait nous ne savons pas grand-chose à votre sujet. Donnez-nous des renseignements pour que nous puissions vous évaluer. »

Il enleva son chapeau et son manteau.

« Mon nom est Oscar Sigmund, dit-il. Je réside dans Park Avenue. Je m'occupe de déplacements de fonds.

— Vos affaires marchent bien, n'est-ce pas ? demandai-je.

— À merveille, dit-il.

— Bravo. Qui devons-nous avertir ?

— Ma femme. »

Oscar Sigmund alla se coucher vers onze heures et nous prîmes place autour de la table de la cuisine pour dresser nos plans.

« Cinquante mille dollars, au moins, dit Jack.

— Peut-être même soixante-quinze, dit Buck.

— Cent, dis-je. Ce type est un homme en or. Ne savez-vous pas encore, les gars, après tout ce que je vous ai appris, que moins un homme s'inquiète de son sort, plus il a de chiffres sur son compte en banque ? Seul un homme plein aux as se conduit avec le calme dont il a fait preuve ici ce soir. Cent mille.

— On devrait peut-être demander plus », suggéra Jack.

La jeunesse est toujours gourmande.

« Jack, Jack, dis-je. Je t'en prie. Il ne s'agit pas de savoir combien on demande, mais combien on aura. Demander plus de cent mille, quel que soit le client, c'est chercher des ennuis. Le monde ne prend jamais les fous au sérieux. Cent mille. »

Je laissai passer deux jours avant de téléphoner. À la suite de plusieurs conversations avec Sigmund, j'acquis la conviction qu'il n'était pas en très bons termes avec sa femme et que cette dernière ne s'inquiéterait nullement d'une disparition d'un jour ou deux. Je laissai donc passer deux jours entiers. J'aurais pu attendre trois jours, mais il commençait à devenir gênant. Il avait fallu se rendre à New York pour lui acheter un coussin spécial parce qu'il avait des furoncles. Et il nous rendait fous avec ses repas. Tout devait être absolument parfait. La fourchette à gauche, une serviette, et tout ce qui s'ensuit. Et toute une série de plats neufs et de l'argenterie neuve. Et puis les plats devaient être à point, sinon il les renvoyait. Nous devions faire et refaire son lit jusqu'à ce qu'il fût parfait, et nous dûmes lui acheter un pyjama en soie parce qu'il refusait de dormir en caleçon. Il fallut aussi lui acheter une boîte de cigares à un dollar pièce. Mais c'était un type gentil et nous étions très heureux de le satisfaire en tout.

C'est alors que le matin du troisième jour je téléphonai d'une cabine située en plein centre de Manhattan.

« Madame Sigmund ? dis-je à la voix de femme qui me répondit.

— Oui, dit-elle. Qui est à l'appareil ? »

Il y avait un léger accent viennois dans sa voix. Une voix irritante, comme une aiguille qui vous perce le tympan. Je comprenais très bien pourquoi le vieux bonhomme faisait une fugue de temps en temps.

« Écoutez. Écoutez attentivement. Nous avons enlevé votre mari. Si vous voulez le revoir, gardez soigneusement le secret. Prenez une valise et bourrez-la avec cent mille dollars en coupures de dix, vingt, cinquante et cent. »

Elle voulut m'interrompre, avec une voix d'hystérique qui fit disparaître un peu de cet accent européen que j'avais trouvé affecté, mais je lui enjoignis de se taire.

« Exécutez mes ordres pour quatre heures et je vous rappellerai pour vous donner d'autres instructions. Rappelez-vous bien ceci : votre seule chance de vous en tirer, c'est de la boucler. »

Alors je raccrochai et je sortis en plein soleil. Je me mêlai à la foule. La foule est l'organisation la plus démocratique du monde. Tout homme y a sa place. Je pris le métro pour me rendre dans le centre, je retrouvai Jack avec la voiture et nous revînmes tranquillement au cottage où nous trouvâmes Oscar Sigmund en train d'expliquer avec force croquis à Buck la différence entre le polo et le croquet.

C'était le matin. Au déjeuner je me fis sévèrement chapitrer par Sigmund sur mes manières à table. C'était très snob mais pas méchant au fond. Deux nouvelles bouteilles de brandy (quand il buvait, il buvait sec) élevèrent le total des frais à cent dollars, un nouveau record. Puis quatre heures sonnèrent et j'entrai dans une cabine téléphonique d'une ville voisine.

« Madame Sigmund ?

— Oui, dit-elle. Je suppose que vous êtes l'escroc qui m'a téléphoné ce matin.

— Oui, je suis l'escroc. Avez-vous exécuté mes ordres ?

— Non, bien sûr.

— Vous ne l'avez pas fait ?

— Je crois que c'est du bluff.

— Avez-vous cherché à voir votre mari ces jours-ci ?

— Je persiste à croire que c'est du bluff, dit-elle. Et je vais téléphoner à la police. Si vous êtes un excentrique qui croit pouvoir extorquer une grosse somme d'argent aux braves gens… »

Je raccrochai et retournai au cottage pour une discussion en règle. Sigmund y prit part.

« Monsieur Sigmund, dis-je, votre femme ne prend pas du tout la chose au sérieux. Elle s'imagine que tout ça c'est du bluff. À présent, puisque c'est votre bien-être qui est en jeu, peut-être pourriez-vous nous dire comment faire pour…

— Désolé, monsieur Bushel, coupa-t-il, en regardant sa montre, mais c'est l'heure de mon apéritif. »

La conversation s'arrêta parce que Jack se leva, se lava les mains, passa son veston et apporta à M. Sigmund un verre de brandy. Nous le regardions en silence humer la liqueur, la savourer, la déguster à petites gorgées puis la contempler avant de finir enfin son verre. L'opération dura dix minutes. Alors j'eus la permission de reprendre la discussion.

« Monsieur Sigmund, c'est très sérieux, je vous assure. »

Il joignit les mains sur les bords de la table et me regarda comme si j'étais un représentant essayant de lui vendre une encyclopédie rédigée dans une langue morte.

« Très sérieux, repris-je, l'air très grave.

— Je comprends, monsieur Bushel, dit-il.

— Comment pensez-vous convaincre votre femme ?

— C'est une personne très difficile. Elle est bornée ; j'ai bien peur que si elle a pris une décision, il n'y ait pas à y revenir.

— Avez-vous déjà été aussi longtemps absent de chez vous ?

— Non !

— Alors elle devrait être inquiète, à l'heure actuelle.

— Telle que je la connais, dit-il, elle a déjà tout raconté à la police et à la presse. Ce n'est pas une femme facile à manier. »

C'était vrai qu'elle en avait parlé aux journalistes. Le lendemain l'affaire avait les honneurs de la une. Oscar Sigmund avait été enlevé, lisait-on. Oui, nous ne le savions que trop. Or c'est toujours embêtant quand la police fourre son nez dans vos affaires. Les affaires qui marchent le mieux sont celles qui s'achèvent sans que l'histoire ait eu de publicité. Souvent, quand la police et les journaux apprennent la nouvelle, je préfère relâcher le client. Il y a toujours des milliers de clients potentiels et, malheureusement, peu de bénéfices à faire en prison.

Mais je me dis que je devrais faire une dernière tentative auprès de Mme Sigmund. Cette fois, je téléphonai d'une cabine des bas quartiers de Manhattan. Il fallait faire vite et sans bruit, car la police était sûrement à l'écoute.

Cela sonna deux fois, et puis j'obtins une voix, celle d'un homme qu'on dérangeait.

« Allô ? dis-je.

— Allô ? dit-il.

— Allô ? répétai-je.

— Qui est-ce ? demanda-t-il avec insistance, la colère croissante de la voix faisant hausser le ton.

— Qui est-ce ? » demandai-je à mon tour.

Je ne pouvais plus attendre longtemps. Ils auraient pu trouver d'où venait l'appel et me tomber sur le dos cinq minutes après.

On me répondit lentement, avec emphase :

« C'est M. Sigmund.

Ce fut tout. Je raccrochai et sortis de la cabine téléphonique. J'étais pantois, mais parfaitement calme. Je crois à la vertu du sang-froid dans les situations critiques.

J'attendis la parution des journaux de l'après-midi. Quand ils apparurent dans les kiosques, j'en pris un et le lus comme un homme qui cherche à savoir si la date de son exécution a été fixée. Toute l'histoire était en première page. Une mystification, disait-on. Oscar Sigmund était rentré au logis le matin de bonne heure. Il était allé faire une partie de chasse dans les monts Adirondacks et on n'avait pas pu le toucher avant la veille au soir. On donnait sa photo. Ce visage m'était inconnu.

Quand je rentrai au cottage, je tendis le journal à notre hôte et de l'autre main je lui arrachai son verre d'apéritif des doigts.

J'enjoignis à Jack d'enlever son veston de garçon de café et je crachai à terre.

« Qu'est-ce que c'est que ce cinglé ? demandai-je.

— Mon nom est Skinding, déclara le faux Sigmund. Je suis le maître d'hôtel d'un gentleman.

— Je parie que le gentleman au service duquel vous êtes est Oscar Sigmund.

— C'est exact », dit-il.

Il restait imperturbable et plein de dignité. Son regard était de glace.

« Je propose de le pendre, dit Buck.

— Par le cou jusqu'à ce que mort s'ensuive, ajouta Jack.

— Pouvez-vous nous expliquer tout ceci, Skinding ? demandai-je.

— Oui, monsieur, dit-il. D'abord, si vous avez bonne mémoire, c'est vous qui m'avez poussé dans votre voiture et amené ici.

— Mais vous prétendiez être Sigmund.

— J'avoue que ce fut là ma seule faute, dit-il avec une certaine contrition. Je savais que M. Sigmund était parti pour une semaine à la chasse. Aussi, selon mon habitude dans ces cas-là, j'empruntai un de ses costumes, son chapeau et sa canne et je me dirigeais vers un café de la 3e Avenue pour une soirée de détente quand vous m'avez fourré dans votre voiture. Dès que je compris votre jeu, je trouvai que l'occasion était trop belle pour la laisser échapper.

— Quelle occasion ? demandai-je.

— Celle de me faire servir, pour une fois, par les autres. Après tant d'années, vous ne pouvez pas vous imaginer ce que cela signifiait pour moi. Pendez-moi si vous voulez. Ça valait bien la peine de courir ce risque. »

En fin de compte, nous ne l'avons pas pendu. Nous avons voté sa mort à l'unanimité, mais nous lui accordâmes sa grâce. Nous l'avons même ramené chez lui et l'avons laissé s'expliquer à sa façon sur son absence. (Il avait promis de ne pas porter plainte contre nous et, en vrai gentleman, il tint parole.) Plus tard nous fîmes l'addition et il apparut que nous y avions perdu cent cinquante-huit dollars et soixante-quinze cents. Cela nous vexa presque autant que les cent mille dollars qui ne rentrèrent pas dans notre caisse. De toute façon, les échecs piquent plus que les succès ne donnent de satisfaction.

The man we found
D'après la traduction de Joseph Castel.

Un fameux bourgogne

par Harold Rolseth

Arly Minto était un homme d'affaires heureux. Il habitait une cabane au bord de la décharge municipale, et, pour les services qu'il rendait en veillant au feu et en écartant les fouineurs d'ordures, les autorités de la ville lui concédaient le droit d'être le seul à faire de la récupération.

À l'exception de sa nourriture, tout ce dont il avait besoin lui était fourni par cette décharge. Le pantalon qu'il portait, par exemple. D'un excellent tissu et pratiquement neuf ; son abandon par son propriétaire était incompréhensible.

Le fait qu'il était d'un bleu vif et taillé pour

un homme d'un mètre quatre-vingts alors que le mètre cinquante d'Arly projetait à peine une ombre ne l'empêchait pas de s'en servir. Il avait simplement raccourci chaque jambe d'environ trente centimètres et épinglé des plis tout autour de la taille. Il trouvait qu'avec ces retouches, le pantalon tombait parfaitement.

La décharge ne lui apportait pas seulement le nécessaire, mais aussi le luxe. Un tapis persan recouvrait le sol de sa cabane. Et si des taches de toutes sortes superposaient un second dessin à l'original, ce n'en était pas moins un véritable persan.

Même ses boissons lui étaient fournies par cette décharge. Les bouteilles des bars et des night-clubs de la ville y arrivaient en grande quantité. Et une partie de la journée d'Arly se passait à verser les quelques gouttes que contenaient souvent encore ces bouteilles dans une bonbonne de près de cinq litres dont l'étiquette colorée portait ces mots : Bourgogne Fleur de Lys.

Arly ne faisait aucune discrimination entre les liquides variés qu'il mélangeait ainsi. Whisky, rhum, gin, vin, tout lui était bon. L'extrait de citron aussi, de même que certaines lotions capillaires à la haute teneur en alcool selon l'étiquette. Il y avait également cette mixture d'un rouge vif connue sous le nom de Super Tonic Schipp et qu'Arly tenait en grande estime. Assez fréquemment, il en découvrait des flacons presque pleins, ce qui indiquait peut-être que les acheteurs se rendaient compte à la première gorgée que leurs maux étaient encore plus doux à endurer que ce fortifiant à boire.

Arly devait admettre que, pris sec, le breuvage Schipp n'était pas spécialement agréable. Mais, mélangé à un assortiment d'autres liquides, une grande partie de son amertume disparaissait. De plus, il donnait, il fallait bien dire, une splendide couleur et de l'éclat au contenu de la bonbonne.

Arly ne buvait pas tout seul. Il mettait soigneusement de côté chaque récolte hebdomadaire pour le vendredi soir. Il recevait alors son ami intime, Joseph J. Jeffwick, plus connu sous le nom de Jay-Jay.

Jay-Jay vivait dans la cave de la prison, à côté de la morgue. À cause de cela, il se considérait comme un membre estimé des forces de police, bien que ce ne fût pas précisément le cas. La vérité était que la police, lasse de le ramasser sans cesse pour ivresse ou toute autre inculpation, avait fini par lui procurer ce coin de cave en échange de travaux divers. Jay-Jay pouvait aller et venir comme il le voulait, à la condition de ne pas boire outre mesure. Ce qui, à part ses bombances avec Arly, ne lui arrivait pas souvent, étant donné qu'il ne disposait d'aucun revenu.

Un lien profond unissait les deux hommes. Jay-Jay aimait Arly pour son hospitalité généreuse du vendredi soir. Arly tenait à Jay-Jay à cause de la sagesse de celui-ci et de la compagnie qu'il lui apportait. Car Jay-Jay, résidant sous la prison et à deux pas de la morgue, représentait une mine intarissable d'histoires noires et horribles.

Ce soir-là, Arly attendait son ami avec une particulière impatience. Un échantillon d'un demi-verre de son mélange l'avait convaincu que, cette semaine, il avait un mélange parfait. La manière dont il lui brûlait la gorge et lui soulevait l'estomac en était une preuve indéniable. De plus, Jay-Jay allait, sans aucun doute, lui apporter une profusion d'informations détaillées. Durant la semaine, il y avait eu un hold-up dans une banque de la ville et un assassinat. Arly escomptait passer une excellente soirée.

Jay-Jay arriva ponctuellement à sept heures. Depuis des années, son entrée chez Arly était devenue quasi rituelle. Il frappait un seul petit coup sec à la porte, sage mesure car, sans cela, la porte n'eût pas résisté. Puis, sans attendre, il passait sa tête dans l'entrebâillement. « Y a personne ? »

« Oh ! c'est toi ! s'exclamait Arly, comme surpris par cette arrivée. Entre, entre. »

Ayant satisfait à cette coutume, tous deux se serrèrent cérémonieusement la main, et Arly, d'un geste courtois, désigna une chaise près de la table. Jay-Jay s'assit et laissa tomber son chapeau à terre.

« Tu prendras bien un petit verre ? demanda Arly, se donnant comme toujours un air détaché.

— Il ne faut pas que ça te dérange », répondit Jay-Jay en se raclant la gorge par anticipation.

Arly sortit deux verres qu'il remplit jusqu'au bord. Puis il regarda attentivement son ami fermer les yeux, verser le breuvage dans sa bouche, l'y tenir quelques instants avec ravissement, puis se pencher en arrière pour le faire descendre dans sa gorge.

« Arly, dit Jay-Jay, cette fois, c'est la perfection. »

Rayonnant, son hôte avala une grande gorgée, mais la modestie lui interdisait de se permettre un commentaire sur son chef-d'œuvre.

« J'me suis laissé dire que tu avais été joliment occupé cette semaine, Jay-Jay. »

Jay-Jay hocha la tête :

« Tu peux pas t'en faire une idée. Avec le chef me courant après toutes les cinq minutes pour me demander un avis et moi interrogeant des prisonniers jour et nuit, j'te prie de croire que ça a été dur. »

Les yeux d'Arly brillèrent d'admiration.

« Tu mènes une vie vraiment intéressante, Jay-Jay. Parle-moi de la morgue. »

Jay-Jay frémit. Il vida son verre d'un trait pour se donner du courage.

« Un coup du Syndicat. La pauvre victime était une véritable passoire. Jamais vu un meurtre aussi bien fait. »

Arly frissonna de plaisir.

« Beaucoup de sang, je suppose. »

Jay-Jay secoua la tête.

« Non. Pas une goutte. Le corps de la victime s'était complètement vidé de son sang par tous les trous qu'on y avait faits. »

Il avala une longue gorgée avant de continuer :

« Ces cadavres-là sont pires encore que ceux qui saignent. On dirait des statues de marbre, à part les trous.

— Et pourquoi on a fait ça, Jay-Jay ? demanda avidement Arly.

— Un type qui avait parlé. Les autres, ceux du Syndicat, n'aiment pas ça du tout. (Il agita un doigt vers Arly.) Tu te souviens de l'affaire que j'ai résolue il y a cinq ou six ans ? »

Arly s'efforça de ne plus fixer le doigt de Jay-Jay et revint au passé. Jay-Jay vida son verre, le remplit de nouveau.

« Celui-là aussi avait été trop bavard, dit-il après avoir laissé Arly réfléchir quelques minutes.

— Lequel ? demanda Arly dont l'esprit se perdait à présent dans des rêves.

— Le grand.

— Ah, je croyais que c'était le petit.

— Non. Le petit, c'était un accident.

— Les accidents, ça arrive, dit Arly, d'un ton sentencieux.

— C'est vrai. Y a une chose que j'ai remarquée, Arly… c'est qu'ils arrivent toujours aux gens qui en ont. C'est drôle, hein ?

— Sûr, Jay-Jay. Et ils n'arrivent jamais à ceux qui n'en ont pas. Curieux aussi, pas vrai ? Pourquoi, à ton avis, c'est comme ça ? »

Jay-Jay se préparait à répondre quand, brusquement, sans avertissement, la porte s'ouvrit. Deux énormes revolvers apparurent, suivis de deux hommes.

« Eh ! » fit l'un de ceux-ci, un affreux jeune homme aux cheveux blond filasse et aux yeux bleu pâle, deux vieux en train de lamper du vin.

« Nous n'avons rien fait, s'écria Arly indigné. Qu'est-ce qui vous prend d'entrer de cette façon dans ma maison ?

— Il appelle ça une maison », gloussa le blond en se tournant vers l'autre, qui regardait fixement Arly et Jay-Jay de ses petits yeux noirs.

Arly se leva pour mieux protester contre cette insulte. Mais Jay-Jay, tendant le bras par-dessus la table, l'obligea à se rasseoir.

« Chchch… Arly, fit-il. (Et on aurait pu l'entendre à cent pas bien qu'il eût baissé la voix.) T'énerve pas. Ce sont des types du Syndicat. Entrons dans leur jeu. »

Arly, l'air sérieux, parut considérer la chose.

« Tu as raison, Jay-Jay. Je vais chercher des cartes. »

Le jeune homme blond les regardait à la fois avec colère et perplexité.

« Vous êtes cinglés, non ? Parler derrière notre dos, comme ça, devant nous ? »

Son compagnon prit la parole pour la première fois.

« Ce ne sont que deux poivrots. Ils sont soûls.

— Ouais », fit le blond. (Il avança d'un pas pour examiner l'étiquette que portait la bonbonne.) « Bourgogne Fleur de Lys. Voilà qui paraît de la fameuse marchandise. »

Et, se tournant vers Arly et Jay-Jay, il ajouta d'un ton accusateur :

« Habiter une turne pareille et boire du Fleur de Lys. Vous devriez avoir honte. »

Il alla ouvrir un placard mural dans lequel il prit deux verres qu'il remplit. Il en tendit un à son compagnon qui l'accepta avec un petit sourire.

« Jerry, dit le blond, montrons à ces vieux clowns comment il faut boire. Allez, cul sec. »

Ensemble, ils portèrent leur verre à leurs lèvres et en avalèrent le contenu d'un trait.

L'instant qui suivit fut comme électrisant. Les deux hommes laissèrent tomber leurs armes et leurs verres, suffoquant, échangeant des regards horrifiés. Puis, comme la mixture d'Arly atteignait leur estomac, ils tombèrent en se tordant sur le sol.

« Un docteur ! hurla le blond.

— Deux ! » rectifia l'autre dans une plainte angoissée.

Arly et Jay-Jay les regardaient, étonnés.

« Qu'est-ce qui leur arrive ? demanda le premier.

— Des drogués déclara Jay-Jay en professionnel. Ça les prend quelquefois comme ça. Ce qu'il leur faudrait, c'est de la came.

— Je n'en ai pas sous la main, répondit avec

regret Arly. (Et, se retournant vers les deux hommes étendus et gémissants :) Eh, les gars, pourquoi vous n'iriez pas vous chercher un peu de came ? Vous vous sentiriez beaucoup mieux après.

— Un docteur… un docteur… » geignaient-ils tous deux.

Jay-Jay se versa un verre, puis regardant pensivement les deux hommes :

« Tu sais, Arly, dit-il, ces deux types-là, ils n'ont pas le droit de faire ce qu'ils font.

— Ouais ? fit Arly, frappé par cette idée.

— Ouais, répéta Jay-Jay, ils nous ont menacés de leurs revolvers, pas vrai ? Eh bien, c'est contraire aux lois.

— Bien sûr, Jay-Jay. Et puis, qu'est-ce qu'on leur a fait ? Rien. »

Leur conversation se trouva interrompue par le gémissement d'une sirène. Un instant plus tard, deux policiers en uniforme faisaient irruption dans la pièce, revolver en main.

« Auriez-vous vu deux… » commença l'un d'eux.

Puis il aperçut les hommes gisant sur le sol.

« Bon sang ! Les voilà ! Mais qu'est-ce qui leur est arrivé ?

— C'est pas notre faute, monsieur l'agent, répondit Arly. Ils sont tombés malades, c'est tout. Ils étaient entrés ici en nous menaçant, des vrais gangsters, et...

— Eh bien, à l'heure qu'il est, ils n'en ont plus l'air, remarqua l'un des policiers. Nous ferions bien de les emmener à l'hôpital. Qu'ils meurent, cela nous est égal, mais ce que nous voulons d'abord, ce sont leurs aveux au sujet du hold-up de la banque. Quant à vous, il vous faudra venir raconter votre histoire au chef. »

Un moment après, Arly et Jay-Jay étaient assis en face du chef de la police et d'un sténographe.

« Allons, vieux poiv... messieurs, détendez-vous. Vous n'êtes en aucune façon impliqués dans l'attaque de la banque. Creepy James et Jerry cherchaient à se cacher. Dites-nous ce qui s'est passé, et vous pourrez partir.

— Voilà comment c'est arrivé, chef, commença Jay-Jay.

— Mieux vaut laisser parler Arly, interrompit le chef, non sans bonté. Nous présumons qu'il n'est pas ivre, mais nous ne pouvons en dire autant de vous. Voyons, Arly, racontez-nous. »

Arly s'éclaircit la gorge. Mais avant qu'il eût pu prononcer une parole, un policier fit irruption dans la pièce.

« Chef, nous avons les aveux signés des

deux, non seulement à propos de l'affaire de la banque, mais aussi de trois ou quatre autres hold-up. Les types croyaient qu'ils allaient mourir. Ils ont tout avoué. »

Le policier tendit au chef un papier.

« Voici le rapport du docteur. Ils vivront, mais ils auront mal à l'estomac toute leur vie. Le docteur ignore la nature de ce qu'ils ont pu boire, mais c'était sûrement très puissant. »

Le chef de la police s'adressa à Arly.

« Qu'ont-ils bu ? »

Arly se tortilla sur sa chaise.

« C'est… c'est quelque chose que j'ai trouvé dans la décharge.

— Dangereux, vous ne croyez pas ? Que vouliez-vous en faire ? »

Arly se tournait vers Jay-Jay pour chercher de l'aide quand, sur le nez de son ami, se posa une mouche.

« Les punaises… dit-il, pris d'une brusque inspiration. C'était pour tuer les punaises. N'est-ce pas, Jay-Jay ?

— Ouais, fit Jay-Jay en louchant pour regarder la mouche sur son nez. Tu te souviens, Arly, les cafards… ils sont morts aussitôt que j'en ai versé un peu sur eux.

— Mettez insecticide, dit le chef de la police au sténographe. (Et, se tournant de nouveau vers Arly :) Maintenant, dites-moi, comment avez-vous fait pour qu'ils boivent ce poison ?

— Ils ont cru que c'était du Bourgogne Fleur de Lys.

— Du Bourgogne Fleur de Lys ? » (Le chef réfléchit pendant quelques instants, puis il haussa les épaules en désespoir de cause.) « Notez qu'ils ont confondu l'insecticide avec du vin. »

Un moment passa. Le sténographe tapait ses notes à la machine. Pendant ce temps, le chef de la police observait Arly et Jay-Jay comme s'il essayait d'arriver à prendre une décision à leur sujet.

Lorsque les papiers furent prêts, Arly et Jay-Jay les signèrent sans poser de questions. Puis Arly demanda : « On peut partir, maintenant ? »

Le chef leur fit signe de rester assis.

« Encore une chose, messieurs. Je ne vous ai pas dit... il y a une récompense de cinq mille dollars pour qui fera arrêter les deux gangsters. Vous avez droit à cette somme, c'est évident. »

Il se pencha en avant.

« Voici ce que j'ai pensé. Cet argent peut vous permettre d'entrer tous les deux comme pensionnaires dans une maison de retraite. Il y en a une très bien ici, en ville. Un de mes oncles y vit, et il s'y plaît énormément. Beaucoup de vieux amis, d'excellents repas, une chambre propre, aérée, un bain tous les jours...

— Un bain tous les jours ? répéta Arly.

— Deux, si vous voulez. »

Le chef gardait les yeux fixés sur ses ongles.

« Chef, dit Arly, je ne crois pas que Jay-Jay et moi, on ait droit à la récompense. Pas vrai, Jay-Jay ?

— C'est la vérité, chef, répondit Jay-Jay avec emphase. Nous ne méritons aucune récompense pour ce qu'on a fait. Les deux types allaient nous tomber dessus quand vos hommes sont arrivés à notre secours.

— Ce sont eux qui ont droit aux cinq mille dollars, reprit Arly. Ils ont fait tout le travail. »

Le chef de la police secoua la tête.

« Ce serait contraire au règlement. »

Il parut réfléchir encore profondément, puis :

« Il y a un autre moyen, dit-il. Vous pouvez accepter la somme, et en signer l'abandon au profit des Œuvres de la Police. Cela vous serait-il agréable ? »

C'était plus qu'agréable. Arly et Jay-Jay signèrent les documents qui leur furent présentés avec des signes visibles de soulagement.

Le chef appela une voiture pour les reconduire à la cabane d'Arly, et, comme ils venaient de quitter son bureau, il se tourna vers le sténographe.

« Al, je crois que je leur ai fait grand-peur. Une maison de retraite serait l'enfer pour eux. Ils n'y seraient pas restés un an. Par ailleurs, je doute qu'ils auraient pu supporter de s'offrir pour cinq mille dollars de tord-boyaux, même en ajoutant dans leur verre ce fameux insecticide. »

*

* *

De retour dans la cabane d'Arly, les deux amis se remirent vivement à boire.

« Je tremble encore quand je pense au guêpier dans lequel on a failli tomber, dit Arly. Pense un peu… un bain tous les jours. »

Il but un grand coup comme pour effacer en lui cette vision d'horreur.

« Et vivre dans une boîte remplie de vieux idiots, ajouta Jay-Jay. Jamais on aurait eu la chance de boire quelque chose d'aussi bon.

— Le chef est sûrement intelligent pour avoir trouvé cette solution.

— Il pense toujours à ses hommes, assura

fièrement Jay-Jay. Et, naturellement, comme tu es mon ami, il a pensé à toi aussi.

— Si on parlait de quelque chose de plus gai ? fit Arly. Raconte-moi ce qui se passe à la morgue. »

Tight Fix

Traduction de Simone Millot-Jacquin.

Les inconvénients du métier

par L.L. Poteet

Lorsque l'homme en caban gris pénétra dans le magasin, Beekham sut qu'il allait avoir des ennuis. Il avait appris à deviner ces choses. Assis tranquillement derrière la caisse enregistreuse il se mordit pensivement la lèvre inférieure.

Cela devenait véritablement un problème. La plus infime entorse à la loi aboutissait finalement à un crime sans le moindre rapport avec la norme.

Beekham lisait régulièrement le bulletin mensuel du F.B.I. et il trouvait les statistiques alarmantes. Toutes les catégories de crime étaient d'actualité — meurtre, agression à main armée, vol à la tire — le vol spécialement, et plus particulièrement à Los Angeles où les magasins de liqueurs tels que celui-ci étaient tentants pour les rôdeurs. Il envisageait très sérieusement depuis quelque temps de se tourner vers un autre genre d'activité. Les risques, en effet, devenaient de plus en plus grands.

L'homme en caban gris avait maintenant atteint le comptoir et Beekham ne fut nullement surpris lorsque surgit un revolver, qui vint se stabiliser à quelques centimètres de son nombril. Le contraire l'eût étonné.

« Fais ce que je te dis et il ne t'arrivera rien. C'est un hold-up !

— J'avais compris, dit Beekham. Pas moyen de se tromper, vous voyez. Je vous ai repéré dès que vous êtes entré. »

Malgré ses cheveux clairsemés, le voleur était plutôt jeune, comme le voulait la tendance nouvelle. *Et plutôt stupide*, se dit Beekham, en fixant les yeux de l'autre. *Tout à fait le primaire*.

« Pas de bêtise ; un seul geste et je vous descends.

— Oui, oui, je sais. Vous êtes du genre violent. Vous avez déjà tué, n'est-ce pas ? Cela ne vous fait pas vraiment plaisir, mais si quelque chose vous arrête, vous supprimez l'obstacle.

— Vous êtes dingue ou quoi ? »

Beekham lui répondit par un sourire.

« Je suis… disons un observateur de la race humaine. Vous, par exemple… Je ne comprends pas comment vous ne vous êtes pas encore fait descendre. Vous arrivez ici avec toutes les apparences d'un fauve ; vous ressemblez à un couguar tournant autour de sa proie tout en essayant d'avoir l'air indifférent. Comment diable êtes-vous encore en vie ?

— Qu'est-ce que vous voulez dire ?

— J'aurais pu vous tuer une bonne douzaine de fois, dit Beekham, et je me demande comment il se fait que vous soyez encore en vie. Je ne crois pas que vous durerez bien longtemps. Ce genre de boulot ne vous va pas du tout. J'aurai pu être armé. Il aurait pu y avoir un flic. Justement, l'autre jour, je lisais le journal et…

— Gardez vos mains sur le comptoir », dit le type.

Ses yeux furetaient de droite à gauche, inquiets.

« Oh, vous n'avez rien à craindre ! dit Beekham. Je n'ai pas de flingue. Non, mon ami, vous êtes tout à fait en sécurité ici. Je pensais seulement au danger que vous couriez. Le vol est une profession bien hasardeuse. Un jour — ou une nuit — l'une de vos victimes vous descendra. Prenez par exemple votre *modus operandi*.

— Je veux le fric. Arrêtez votre baratin. Vous manigancez quelque chose.

— Que vous êtes méfiant ! dit Beekham avec une expression pleine de compassion. Vous savez certainement que la voiture de patrouille ne passera pas avant une vingtaine de minutes. Vous avez choisi le bon moment… À moins que cela n'ait été un accident ?

— Vous me prenez pour qui ? J'ai monté le coup vachement serré.

— Excellent, murmura Beekham. Mais cependant admettez avec moi que vous êtes bien insouciant.

— Je n'admets rien. Et qu'est-ce que vous savez des coups, hein ?

— Assez, en vérité. Dans mon métier, on n'est jamais très loin des… coups. Disons que c'est un intérêt presque professionnel.

— Ouais, fit l'autre, je vois. Vous vous faites toujours braquer, hein ? Mais qu'est-ce que vous voulez dire avec votre intérêt ? »

Beekham eut un sourire rassurant et porta la main à son manteau.

« Puis-je vous offrir une cigarette, jeune homme ? »

Le revolver s'abaissa de quelques centimètres en direction de son estomac.

« Bougez pas !

— Je voulais seulement prendre mes cigarettes, dit Beekham sur un ton de reproche. Je vous ai pourtant bien dit que je n'avais pas de revolver, non ? »

Doucement, il souleva les pans de son manteau.

« Vous prenez des risques terribles, jeune homme. Surtout avec un visage qui… Enfin, vous voyez ce que je veux dire.

— Je commence à vous détester sérieusement, répondit l'autre.

— N'y voyez rien de personnel, je vous jure. Je voulais seulement suggérer que…

— On ne vous a pas demandé de parler de ma gueule. Elle n'est pas aussi moche que ça.

— Ça dépend. Dans votre cas, c'est un handicap sérieux. Regardez-vous : vous avez l'air d'un voleur. Un visage comme le vôtre éveille les soupçons. Les gens sont sur leurs gardes. Avec votre allure… euh… primitive, toute opération devient difficile. Je suis prêt à parier que vous n'avez jamais remporté beaucoup de succès…

— Je m'en tire. Ça me suffit. »

Beekham eut un sourire.

« Vous avez été arrêté ? Un casier ?

— Fermez-la ! vous n'allez pas vous en sortir comme ça.

— Comme vous voudrez. Beekham haussa les épaules. Je voulais vous aider. J'aime voir les gens tirer le meilleur d'eux-mêmes. Mais ça vous regarde. Je crains seulement qu'il n'y ait pas grand-chose ici ? Ça vaut à peine le déplacement.

— C'est mon affaire.

— Je suis sûr que vous vous ferez descendre. Peut-être pas maintenant... mais bientôt. Seul un être adaptable peut survivre dans ce monde. Pensez seulement aux animaux qui ont disparu parce qu'ils ne pouvaient changer. Disparus... Pouf !...On n'en parle plus.

— Tant que j'aurai mon flingue, ça ira. Si quelqu'un me cherche, je le descends. C'est tout ce que je sais.

— Quel malheur, dit Beekham. Bon, d'accord. Après tout, c'est la sélection naturelle.

— Et c'est moi le mieux adapté, dit une nouvelle voix. Du calme, les gars. »

L'arrivant portait des chaussures à semelles de caoutchouc.

« Grand dieu ! s'exclama Beekham. Un autre ! »

Le nouveau candidat au vol était un jeune homme barbu avec des cheveux en broussaille sur une tête minuscule. Il tenait un revolver qu'il agitait comme un bâton.

« Le pied, miaula-t-il. On va prendre son pied.

— Espérons que personne ne sera blessé, dit Beekham.

— Vous êtes vachement macabre, dit le chevelu. Terrible ! Complètement dingue !

— Je suis patient, dit Beekham, mais ceci pose un problème.

— C'est mon meilleur coup, lança le voleur en caban gris. Personne ne me piquera mon fric. »

Il se tourna farouchement vers son concurrent.

« Vachement psychédélique, dit le barbu. Le méchant contact total !

— T'es ravagé, fit l'autre. Eh ! Rigole pas avec ça ! Ne… »

Les détonations noyèrent ses dernières paroles. Le voleur aux longs cheveux l'abattit de trois balles à bout portant.

Beekham avait fermé les yeux. Il les rouvrit au bout d'une seconde ou deux.

Le barbu s'avança tandis que le premier agresseur s'effondrait sur le plancher.

« Cela devait arriver, voyez-vous, dit Beekham. Votre méthode était mauvaise d'un bout à l'autre, mon pauvre ami. »

Le voleur au caban gris ne répondit pas.

L'adaptation, tout était là. Il fallait s'adapter. Beekham en connaissait un bout là-dessus. Les attaques nocturnes devenaient par trop hasardeuses. Maintenant, il fallait protéger son avenir.

« Jeune homme, voudriez-vous venir par ici ? Juste un moment, je vous prie.

— On se met dans le coup, papa ? »

Le barbu s'avança jusqu'à portée de la matraque de Beekham, maniée d'experte façon. Il s'écroula sans émettre le moindre son.

« Bon voyage », dit Beekham, non sans gentillesse.

Il prit les liasses dans la caisse enregistreuse. Le montant était assez décevant par rapport à la violence de cette soirée.

Le gérant du magasin commençait à remuer aux pieds de Beekham, derrière son comptoir. Brave type ! Il avait une bosse énorme au-dessus de l'oreille gauche. Beekham soupira en empochant la recette. Attaquer les magasins devenait de plus en plus difficile, même pour un homme de son talent. Bientôt, il lui faudrait se reconvertir.

Robbery is a hazardous business
Traduction de Michel Trévoux.

Table

IMPRIMÉ EN FRANCE PAR BRODARD ET TAUPIN
Usine de La Flèche, 72200.
Dépôt légal imprimeur : 6917 S-5 – Éditeur : 7069
20-07-9757-02-4 – ISBN : 2-01-209757-X.

Loi n° 49-956 du 16 juillet 1949 sur les publications destinées à la jeunesse.
Dépôt légal : janvier 1998.